朗讀 QR Code 線上音檔

火速屌
日檢記憶

分類
X
關鍵字

引爆連鎖學習網，輕鬆掌握

吉松由美、田中陽子、西村惠子、林勝田、山田社日檢題庫小組

N
3
單
字

日檢絕對合格的秘密武器就在這！
關鍵字分類密技，
讓您輕鬆掌握 N3 上千單字，四大技能——
單字、文法、閱讀、聽力全面提升，
快速搭上這班合格直達列車，成為日檢得分高手！
改變人生，無止境的進步
日語學習成癮了，都怪這本神招神器！

● 關鍵字是什麼？啟動您的魔法密碼！

關鍵字學習法像是一台信息黃金榨汁機，讓您瞬間消化複雜內容，事半功倍！透過這些魔法鑰匙，大腦成了無限擴充的資料庫，串連出記憶的星際網，讓您秒變記憶達人！

● 海量單字瞬間記憶！

掌握關鍵字，就像找到寶藏的密碼，能把相似單字串聯在一起，讓大腦化身超強記憶庫！忘記單字？只需點擊關鍵字，記憶湧現！快成為魔力關鍵字的主人，讓您的單字庫無敵強大！

● 溜日語訓練菜單

▲「同類詞超連線」：記憶革命，過目不忘，一目瞭然！
▲「膠囊記憶衝擊」：利用零碎時間，輕鬆塞滿腦袋！
▲「黃金生活例句秀」：即學即用，日本人都讚不絕口！
▲「超必考 N3 詞彙擴充包」：考場神器，得分輕而易舉！
▲「耳朵聽語感大挑戰」：鍛鍊聽力，信心滿滿迎戰考試！

開啟您的日檢新境界！

專業日檢老師傾情打造，內容高質量、學習超高效！單字搭配例句，再加上魔法關鍵字學習法，濃縮學習時間，成就感倍增！

● 告別這些困擾！

◇ 金魚腦，一看就忘？
◇ 無成就感，半途而廢？
◇ 時間緊，拖延症重？

破解單字學習魔咒，讓日檢攻略變輕鬆，學習之路全新升級，成為單字達人就是這麼簡單！

● 看過來！一次滿足您所有需求！

★ 超強同類用語一網打盡：

　　類義詞巧妙分類，膠囊記憶增強記憶力，一次搞定！N3 單字按類義詞整理，輕鬆掌握用法，利用聯想加深記憶。這書就是您考試中的神奇鑰匙，讓同類詞彙成為您的得分利器，輕鬆拿下高分！

★ 最強搜尋王：

　　50 音順主題查詢，隨時撒網聯想整組單字！忘了單字也不怕，打開這書，立刻找回相關用法！關鍵字排序超便利，隨查隨得，一查深刻，讓單字牢牢印在腦中！

★ 駕馭生活會話：

　　例句秀出單字真功夫，狂吃單字用法大餐！每個 N3 單字配有實用例句，不僅輕鬆理解單字用法，還能練習閱讀、文法、口語。一口接一口，讓日語饗宴在您腦中扎根，N3 考試無懼，實力堅如磐石！

★ 瞄準查詢好手：

　　50 音索引大作戰，解鎖高效查單字技巧！附上獨家 50 音索引，不怕找不到，隨查隨得，讓日檢準備無往不利。按日檢級數編排，讓您輕鬆掌控考試重點，安心備考！

★ 人咖日文發音：

　　掃 QR 碼，走路也能開啟聽力模式！日本老師錄製專業音檔，隨時隨地練聽力。只需掃碼，語感瞬間啟動，説日語變輕鬆，考場上超自信！

● 想學日語、考滿分、挑戰自我極限？

　　這本書不是普通的後盾，它是您的日語超級護法！掌握重點？沒問題！這本書給您一把金鑰匙，帶您直通成功之門！和我們一起迎戰日檢，絕對合格！Ready？Go！

目録

もくじ
content

🔑 た行 關鍵字

類語單字　N3

あいする／愛する　｜　愛戀、珍愛

【恋愛】

戀愛★恋愛小説を書いて、インターネットで発表している／我寫了愛情小說，並發表於網路上。

【思い】

思慕，愛慕，戀慕★君のその熱い思いも、言葉にしなきゃ彼女には伝わらないよ／你對她那份熾熱的情感假如不說出口，她可就無從知曉哦！

【恋人】

情人，意中人★あの人は恋人じゃありません。ただの会社の先輩です／那個人並不是我的男朋友。他只是公司的前輩而已。

【愛】

愛，友愛，恩愛，愛情★たとえ貧しくても、親の愛さえあれば子どもは育つものだ／即使貧窮，只要有父母的愛，孩子依然能夠成長茁壯。

あう／会う　｜　見面、遇見

【ごめんください】

（叩門時）對不起，有人在嗎★「ごめんください。どなたかいらっしゃいませんか。」／「不好意思，請問有人在家嗎？」

【デート】date

約會，幽會★今日は彼女とデートなので、お先に失礼します／我今天要和女朋友約會，所以先告辭了。

【面接】

（為考察人品、能力而舉行的）面試，接見，會面★筆記試験はいいのだが、面接で緊張していつも失敗する／筆試成績很好，但面試時太緊張，總是落榜。

【世話】

介紹，推薦★先生に就職の世話を頼んだ／央託老師惠予引薦工作。

【擦れ違う】

交錯，擦身而過；錯車★有名な渋谷の交差点は、多い日で一日に50万人が擦れ違う／在那著名的渋谷十字路口，每天最多高達五十萬人擦身而過。

【出会う】

遇見，碰見，偶遇；約會，幽會★「二人はどこで出会ったの？」「海で。」「いいな、羨ましい。」／「你們兩人是在哪裡相識的？」「在海邊。」「真好啊，好羨慕。」

あう／合う　｜　適合、相稱、一致

【ぴったり】

恰好；正合適，相稱★佐藤さんは毎朝8時45分ぴったりに会社に来ます／佐藤每天早上都準時在8點45分到公司。

【バランス】balance

平衡，均衡，均等★肉だけとか野菜だけとかじゃだめ。食事はバランスだよ／只吃肉或只吃蔬菜都是不行的，必須均衡飲食。

【型】

型，類型★この型のバイクは1980年代に流行ったものです／這種款式的機車曾於1980年代風靡一時。

【適当】

適當，適合，恰當，適宜★彼はその仕事にいちばん適当な人だと言われている／他稱得上是那份工作的最佳人選。

【映る】

相稱，相配★あの人には赤がよく映る／那人跟紅色很相配。

【揃える】

使…一致★家具の色を揃えたい／我想統一傢俱的顏色。

【向く】

適合，有天賦★君は営業に向いているよ／你適合做業務喔。

【合う】

合適，適合；相稱，合諧★この服のサイズは私の体にぴったり合う／這件衣服尺寸正合我的身材。

【似合う】

合適，相稱，調和★「この帽子、どうかしら。」「よく似合ってるよ。」／「這頂帽子怎麼樣？」「很適合妳哦！」

【合わせる】

配合，調合，使適應；對準★私はいつでもいいです。あなたのご都合に合わせますよ／我什麼時候都有空，可以配合您方便的時間哦！

【間に合う】

來得及，趕得上★明朝は7時にホテルを出ないと会議に間に合いません／如果明天早上7點前不離開飯店的話，就趕不上會議了。

【間に合わせる】

使來得及，趕出來；臨時湊合，將就★社員全員で残業をして、なんとか期限に間に合わせた／全公司的員工一起加班，總算趕上了最後期限。

【済ます】

應付，將就★朝ご飯はパンとコーヒーで済ました／早餐吃麵包跟咖啡將就過去了。

【済ませる】

打發★晩ご飯をカップラーメンで済ませる学生も多いという／聽說許多學生都靠泡麵打發晚餐。

● Track-002

| あがる／上がる | 攀登、上升、提高 |

【値上げ】

提高價格，漲價★来月ビールが値上げになるから、今のうちに買っておこう／下個月啤酒要漲價了，所以趁現在先買吧！

【上り】

從低處向高處★あれ、これは下りだ。上りのエスカレーターはどこかな？／咦，這裡的手扶梯是下樓的。那上樓的電扶梯在哪裡呀？

【上り】

上行；上行車，往都市中心的車★時速

90キロで走る上りの特急電車が、駅から出発した／以時速90公里駛向都心的特快車已經發車。

【上る】
上，登；攀登★富士山に上る／爬富士山。

【上る】
逆流而上，上溯★秋になると、卵を産むために、たくさんの魚が川を上っていく／一旦到了秋天，很多魚為了產卵而循著河川逆流而上。

【高める】
提高；抬高；加高★自分を高めるために、学生時代にどんなことをしましたか／你在學生時代做了哪些事以助於自我成長呢？

あかるい／明るい　明亮、光亮

【日】
太陽★落日／落日。

【太陽】
太陽★地球と太陽の間に月が入って、太陽が見えなくなる現象を日食といいます／當月亮進入地球和太陽之間導致看不見太陽的現象，叫做日食。

【早朝】
早晨，清晨★早朝、公園の周りを散歩するのが習慣になっています／我習慣早上到公園附近散步。

【ライト】light
光，照明；燈★ベッドの横に置く小さなライトを探しています／我正在找一個可以放在床邊的小夜燈。

【懐中電燈】
手電筒★停電になった時、懐中電燈が見つからなくて困った／停電那時候找不到手電筒，很傷腦筋。

【電球】
電燈泡★おばあちゃんの家に行ったとき、天井の電球を取り替えてあげました／去奶奶家的時候，我把天花板的燈泡換了。

【電気スタンド】でんき stand
檯燈★寝る前に本を読むために、ベッドの脇に電気スタンドを置いています／為了能在睡前讀書，我在床旁邊放置了檯燈。

【蛍光燈】
螢光燈，日光燈★社内の電気を全て蛍光燈からLEDに取り替えた／公司裡的電燈從日光燈全部換成了LED燈。

【眩しい】
耀眼，刺眼的；華麗奪目的，鮮豔的，刺目★眩しいよ。人が寝てるのに、電気を点けないでよ／太刺眼了啦。人家在睡覺，不要開燈啦。

【明ける】
明，亮★夜が明けて、東の空が赤く輝いている／破曉時分，天空東方亮起一片火紅。

あきなう／商う　經商

【チェック】check
支票★チェックブックを発行してもらう／向銀行申領支票簿。

【プリペイドカード】prepaid card
電話卡、影印卡等預先付款的卡片★コンビニで、使い捨てのプリペイドカードを買った／我在便利商店買了一次性的預付卡。

【風呂屋】
浴池，澡堂★友達が泊まりに来たので、近所の風呂屋に行った／因為有朋友來家裡住，所以我們去了附近的澡堂。

【商】
商，商業；商人★大学の商学部で勉強したことを生かして、商社に就職した／運用在大學商學院學到的知識，得以進入了貿易公司上班。

【商売】
經商，買賣，生意★店は閉めないよ。うちは 100 年前からここで商売してるんだから／這家店不會關門哦！因為我們從 100 年前就開始在這裡做生意了。

● Track-003

あける　打開、空出

【オープン】open
開，開放，敞開，公開★女の子の性のことを、もっとオープンに話そう／讓女孩們可以更公開地談論性話題吧！

【オープン】open
開業，開張；開場，開館；開放進場★競争が激しいね。去年オープンした店が、もう閉店だって／競爭真激烈。去年才開幕的店，現在已經倒閉了。

【開く】
開，開著，把原來關著的物品打開★彼女は手帳を取り出して、メモしたページを開いた／她把筆記本拿出來，翻到之前做筆記的那一頁。

【外す】
退，離★申し訳ありません。村田はただいま席を外しております／非常抱歉，村田現在不在位子上。

あげる／揚げる　油炸

【フライパン】frypan
平底鍋★『フライパンひとつでできる料理』という本が売れている／《只要一個平底鍋就能完成的料理》這本書很暢銷。

【中華なべ】
中華鍋；炒菜用的中式淺底鍋★中華鍋を見ると、母の作ったおいしい麻婆豆腐を思い出す／看見中式火鍋，就想起了媽媽做的美味的麻婆豆腐。

【フライ返し】fry がえし
鍋鏟；把平底鍋裡煎的東西翻面的用具★フライ返しで卵焼きを作ります／甩鍋

鏟煎雞蛋。

【揚げる】

油炸★小さく切った肉に粉をつけて、180度の油で5分揚げます／將切成小塊的肉裹上粉，並用180度的油炸5分鐘。

あじわう／味わう	品味

【ソース】sauce

（西餐用）調味醬★ハンバーグには、ソースですか、それともケチャップ？／您的漢堡牛肉餅要淋醬汁還是加番茄醬？

【ドレッシング】dressing

調味料，醬汁★酢と塩と油で、サラダにかけるドレッシングを作りました／用醋、鹽和油做了淋在沙拉上的調味醬汁。

【マヨネーズ】(法) mayonnaise

美乃滋，蛋黃醬★サンドイッチを作るので、パンにマヨネーズを塗ってください／我們要做的是三明治，請把美奶滋塗在麵包上。

【ケチャップ】ketchup

蕃茄醬★これはイタリア産のトマトを使った味の濃いケチャップです／這是用義大利產的番茄所製成的特濃番茄醬。

【酢】

醋★スープにちょっと酢を入れると、さっぱりしておいしいですよ／只要在湯裡加一點醋，就會變得清爽又美味哦。

【胡椒】

胡椒★ソースは要らない。肉には塩と胡椒があれば十分だ／不需要醬料。肉只要撒上鹽和胡椒就很夠味了。

【フルーツ】fruits

水果★これは新鮮なフルーツをたっぷり使った贅沢なケーキです／這個豪華蛋糕用了大量的新鮮水果。

【オレンジ】orange

橘子，柳橙★コーヒーと紅茶とオレンジジュースがありますが、何になさいますか／有咖啡、紅茶和柳橙汁，請問您想喝哪一種呢？

【酸っぱい】

酸，酸的★なんか酸っぱいぞ。この牛乳腐ってるんじゃないかな／總覺得有股酸味。這瓶牛奶是不是壞了啊？

【濃い】

味道濃厚的★ああ、眠い。思い切り濃いコーヒーを入れてくれない？／唉，好睏哦。可以幫我泡一杯咖啡嗎？越濃越好。

● Track-004

あそぶ／遊ぶ	遊玩、閒著

【のんびり】

無憂無慮，自由自在，悠閒自在，逍遙自在，無拘無束，舒舒服服，悠然自得，輕鬆愉快★飛行機もいいけど、たまにはのんびりと列車の旅もいいね／搭飛機當然好，但偶爾來一趟悠閒的火車旅行也不錯。

【ゲーム】game

遊戯，娯楽★このコンピューターゲーム、面白いよ。君もやってみたら／這種電腦遊戯好好玩哦，你也玩玩看啊。

【歌留多】carta

紙牌；寫有日本和歌的紙牌★お正月に、家族みんなでかるたをして遊びました／過年期間，全家人聚在一起玩了紙牌。

【トランプ】trump

撲克牌★友達が、トランプを使った手品を見せてくれた／朋友用撲克牌表演魔術給我看。

【カード】card

紙牌；撲克牌★世界の国旗が印刷されたカードで遊んでいる／正在用印有各國國旗的卡片玩遊戲。

【休憩】

休息★その仕事が終わったら、お昼の休憩をとってください／完成那件工作後，就可以午休了。

【クリスマス】Christmas

聖誕節★クリスマスツリーの先に、金色の星の飾りをつけた／在聖誕樹的頂端擺上了一顆金色的星星。

【楽】

快樂，快活，安樂，舒適，舒服★着替えを用意しましたから、スーツは脱いで、もっと楽にしてください／我已經把要換的衣服準備好了，請您脫下西裝，儘管放鬆。

【指す】

下將棋★將棋を指す／下象棋。

【揚げる】

放，升（煙火、旗子等）★山の上で大凧を揚げる／在山上放大風箏。

あたえる／与える	給、給予

【賞金】

賞金；獎金★この大会で優勝した趙選手は、賞金の1億円を手に入れた／在這次大賽中奪下冠軍的趙選手獲得了一億圓的獎金。

【ビラ】bill

傳單，宣傳單★来週パン屋を開店するので、駅前で宣伝のビラを配った／因為下星期麵包店就要開幕了，所以我們在車站前發了宣傳單。

【割り当て】

分配，分攤，分派，分擔，分攤額★社員それぞれに、能力に合った仕事の割り当てをするのも、上司の役割だ／為每位員工分配適合其能力的工作是上司的責任。

【分】

分配給每個人的份★お菓子は一人二つです。自分の分を取ったら、席に着いてください／每人有兩個點心。拿完自己的份後，請就位坐下。

【与える】

給予；供給；授予★食べ物を与える／給予食物。

【分ける】

分配・分派★お菓子をどうぞ。ケンカしないで、仲良く3人で分けてね／來吃甜點囉！你們三個不要吵架，好好相處一起吃吧！

【譲る】

讓給，轉讓★遺産のすべてを妻に譲る／謹將所有遺產全數贈與妻子。

【譲る】

謙讓；讓步★お年寄りや体の不自由な人に席を譲りましょう／請讓座給老年人和行動不便者。

● Track-005

あたたまる	暖和、溫暖起來

【ヒーター】heater

電熱器，電爐；暖氣裝置★今年の冬は寒くて、朝から晩までヒーターを点けっ放しだ／今年的冬天很冷，我從早到晚都開著暖氣。

【温い】

溫和，不涼不熱★音楽を聴きながら、温いお風呂にゆっくり入ります／一邊聽音樂一邊悠閒地泡溫水澡。

【温まる】

感到心情溫暖；溫暖，同「暖まる」★この映画は、親のいない少年と子馬との心温まる物語だ／這部電影描述的是一名沒有父母的少年和小馬的溫馨故事。

【暖まる】

溫暖，發暖，暖和起來；金錢寬綽，充裕

★太陽が顔を出すと、冷たかった空気も少しずつ暖まってきた／太陽公公露臉後，冰冷的空氣也漸漸暖和起來。

【温める】

（把食物等）加熱到適當的程度；弄溫，使不涼不熱★冷たいままでも、温めても、おいしくお召し上がりいただけます／無論是放涼後直接吃還是加熱，都能享受到絕佳的風味。

【暖める】

使身體、空間溫熱、發燙★そろそろお帰りの頃かと思い、お部屋を暖めておきました／我想他差不多該回來了，所以就先讓房間暖和起來。

あたらしい／新しい	新的

【本日】

本日，今日★本日はお忙しい中、お集まり頂き誠にありがとうございます／今天感謝您在百忙之中蒞臨這場聚會。

【本年】

本年，今年★昨年はお世話になりました。本年も宜しくお願い致します／去年承蒙您的關照。今年也請多多指教。

【新】

新，新出現的食物；新的、沒用過的東西★新製品について、お客様に丁寧に説明しました／我很仔細地向顧客説明新産品的相關資訊。

【新鮮】

（食物）新鮮；（空氣）清新乾淨；新穎，全新★毎朝、新鮮な野菜と果物で、ジュースを作って飲んでいます／每天早上都喝用新鮮蔬果打成的果汁。

あたる／当たる	撞上、命中

【籤（くじ）】

籤；抽籤★僕はくじ運が悪いんだ。ほらね、またはずれだ／我的籤運欠佳啊，看，又沒中獎了。

【ヒット】hit

大受歡迎，大成功；最暢銷★主婦の意見を取り入れて開発した掃除用品は、発売と同時に大ヒットした／採用主婦們的意見研發而成的清潔用品，一上市就大受歡迎。

【衝突（しょうとつ）】

撞，衝撞，碰上★車が木に衝突した／車子碰撞到了樹木。

【ぶつける】

碰，撞，（偶然）碰上，遇上；正當，恰逢；衝突，矛盾★たんすの角に足をぶつけて、痛くて跳び上がった。／腳撞到衣櫃的邊角，痛得跳了起來。

【当（あ）たる】

碰上，撞上★飛んできたボールが目に当たって、大怪我をしました／飛過來的球砸中了眼睛，造成我嚴重受傷。

【当（あ）てる】

猜，推測★あなたが今何を考えている

か、当ててみましょうか／讓我來猜猜你現在在想什麼吧。

【外（はず）れる】

沒中；不準；落空★今日は晴れるって言ってたのに、また天気予報、外れたね／明明說今天會是晴天，天氣預報又不準了啊。

あつまる／集まる	聚集

【集（あつ）まり】

集會，聚會★この町に引っ越して来た人には、月一回の町内会の集まりに参加してもらいます／搬到這座鎮上的居民，請參加每月一次的鎮民會議。

【会（かい）】

為興趣、研究而組成的團體★野鳥の会に入って、週末は山で鳥の観察をしています／加入野鳥協會後，週末都在山上觀察鳥類。

【団（だん）】

團體；團，團隊★町内会の人に誘われて、地域の消防団に入ることになった／在社區協會人士的邀請之下，我加入了當地的消防隊。

【チーム】team

因共同目的而組成的團隊，小組★当社の研究チームが新薬の開発に成功した／本公司的研究小組成功開發了新藥品。

【グループ】group

依共通點組成的團隊★4人（にん）ずつのグルー

プを作って、調べたことを発表します／每４人組成一個小組報告調查結果。

【公民館】

（市町村等的）文化館，活動中心★町の公民館のお祭りで、子どもたちの踊りを見るのが楽しみです／很期待能在由鎮民文化館舉辦的慶祝大會上，看到孩子們的舞蹈表演。

【ホール】hall

會場，會館★研究発表会は、公民館の小ホールで行います／研究成果發表會在文化會館的小禮堂舉行。

【揃う】

（人）到齊，聚齊；（物品）備齊，備全★毎年正月には、家族全員が揃って記念写真を撮ります／每年過年，全家人都會聚在一起拍全家福紀念照。

●Track-006

あつめる／集める	收集、湊

【集】

（詩歌等的）集；聚集★これは日本を代表する詩人、谷川俊太郎の詩集です／這是日本知名詩人谷川俊太郎的詩集。

【二手】

兩組，兩隊★じゃあ、二手に分かれて探そう。私は右へ行くから、左側を頼む／那我們分頭找吧！我走右邊，左邊就拜託你了。

【纏まる】

湊齊，湊在一起★手術のお金がまとまった／手術的錢湊齊了。

【揃える】

把整組或整套東西的數量、種類湊齊，弄齊；使成對★これは、同じ絵のカードを４枚揃える遊びです／這是蒐集４張相同畫片的遊戲。

あやまる／誤る	錯誤、犯錯

【誤解】

誤解，誤會★泥棒だなんて誤解です。ちょっと借りて、すぐに返すつもりだったんです／你誤會了，我不是小偷。我只是想借一下，用完就馬上還回來。

【間違い】

錯誤，過錯；不確實★たった一度や二度の間違いで、人生が終わったみたいなことを言うんじゃないよ／不過是犯一兩次錯誤，不要說得像是人生已經完蛋了啊。

【間違う】

做錯，搞錯，弄錯★先生でも、こんな簡単な問題を間違うこと、あるんですね／即使是老師，這麼簡單的問題也可能會答錯呢。

【間違える】

錯；弄錯★右に曲がるところを、間違えて左に行ってしまったんです／在應該右轉的地方左轉，走錯路了。

あやまる／謝る　道歉

【すまない】

對不起，抱歉；寒暄時的用語，勞駕★すまないが、今日はもう帰ってくれ。気分が悪い／不好意思，今天你就先回去吧。我不太舒服。

【申し訳ない】

實在抱歉，非常對不起，十分對不起★今年はボーナスを支給できず、社員の皆さんには申し訳ないと思っています／今年沒有發獎金，覺得很對不起公司的同仁門。

【済みません】

抱歉，不好意思★すみません。明日病院に行きたいので、休ませて頂けませんか／不好意思，因為我明天想去醫院，請問可以請假嗎？

【失礼します】

（道歉）對不起★ご連絡が遅くなり、失礼しました／很抱歉，現在才與您聯繫。

【詫び】

賠不是，道歉，衣示歉意★この度はご迷惑をおかけしてしまい、お詫びの言葉もありません／這次給您添麻煩了，無論說什麼都不足以表示我的歉意。

あらい／粗い　粗略、大概、隨便

【大体】

大致，大體，差不多★資料は大体できています。あとは間違いをチェックするだけです／資料大致完成了。接下來只剩檢查錯誤。

【大体】

概要，大綱式的，大略的提及重點★事件の大体を述べておいた／講述了概要。

【辺り】

表示時間、程度等的大概；大約，上下，左右，差不多那樣★日曜日辺りから涼しくなるみたいですね／聽說會在星期天以後轉涼喔。

【適当】

酌情，隨意，隨便，馬虎，敷衍★席は決まっていません。どうぞ適当なところに座ってください／座位沒有排定，請大家坐在自己想坐的位子。

あらそう／争う　競爭、爭奪

【相手】

對手，敵手；對方★相手の選手が来日しました／對方選手來到日本了。

【兵隊】

士兵，軍人；軍隊★戦争中祖父が兵隊に行った時の、白黒の写真を見た／我看了爺爺當年入伍參戰時的黑白照片。

【争う】

爭論，爭辯★隣の家からは、母親と息

子の争う声が聞こえてきた／可以聽見隔壁房子傳來媽媽和兒子的爭吵聲。

【衝突】

衝突；矛盾，不一致★彼は仕事に一生懸命なのはいいが、すぐに人と衝突する／他非常努力工作，這點是很好，問題是他經常和別人起衝突。

●Track-007

あらわす／著す	著作、寫作

【文体】

（某時代特有的）文體；（某作家特有的）風格★この二つの評論は、文体が違うだけで、言っていることは同じだ／這兩則評論雖然文章體裁不同，但說的都是同一件事。

【ストーリー】story

故事，小說；小說、劇本等的劇情，結構★この映画は、ある日突然男女が入れ替わるというストーリーだ／這部電影講述的是某一天，一對男女忽然互換身體的故事。

【題】

標題；書名★論文は、内容を正確に表す適切な題をつけることが重要です／論文要取個能夠表達正確內容的適切題目是非常重要的。

【テーマ】theme

（作品的）中心思想，主題；（論文、演說的）題目，課題★今年の展覧会のテーマは「自然と共に生きる」です／今年展覽會的主題是「與自然共存」。

【随筆】

隨筆，小品文，散文，雜文★この作家は、小説も素晴らしいが、軽い随筆もなかなか面白い／這位作家的小說很精彩，隨筆雜記也很有意思。

【小説】

小說★この小さな村は、有名な小説の舞台になった所だそうだ／據說這座小村莊就是那部知名小說的故事背景所在地。

【エスエフ(SF)】science fiction

科學幻想小說，科幻小說★宇宙人や未来都市の出てくるSF小説が大好きです／我最喜歡有外星人和未來都市出現的科幻小說了。

【エッセー】essay

隨筆；論文，短論★毎週日曜日に新聞に載るエッセーを楽しみにしている／我很期待每週日的報紙上刊登的隨筆短文。

【作家】

作家，作者，文藝工作者；藝術家，藝術工作者★作家といっても、主に子ども向けの絵本を作っています／雖說我是作家，主要是創作適合兒童閱讀的繪本。

【纏める】

做成，完成★卒業論文を纏める／完成畢業論文。

あらわす／表す	呈現、表達

【時間目】

第…小時★昼休みの後の５時間目の授業は、必ず眠くなるんだ／午休結束後的第五節課總是很睏。

【表情】

表情★写真を見ると、それまで笑っていた彼女の表情が固まった／一看到照片，原本一直面帶笑容的她，表情突然僵住了。

【印】

心意★女性が男性の世話をし始めたら、愛情の印である／女性開始關照男性的那一刻開始就是一種愛情的表示。

【小数点】

小數點★23.6 の小数点以下を四捨五入すると、24 になります／23.6 把小數點後四捨五入就是 24。

【点】

（物體表面上）看不清的小東西；點★車が点となって消えた／車影化為一個小點，消失於遠方了。

【丸】

表示正確、優良等的○形符號；圓圈★正しいと思うものには丸、間違っていると思うものにはバツをつけなさい／認為是正確的就請打圈，認為錯誤的就請打叉。

【図表】

圖表★研究結果は、見易いよう図表にまとめておきます／用淺顯易懂的圖表來總結研究成果。

【メニュー】menu

菜單、菜譜★「すみません、飲み物のメニューを頂けますか。」「はい、お待ちください。」／「不好意思，可以給我飲料的選單嗎？」「好的，請稍等。」

【ダイヤ】diagram 之略

列車時刻表；圖表，圖解，「ダイヤグラム」之略稱★今年の年末年始ダイヤは、次の通りになります／今年跨年期間的班車時刻表如下所示。

【表す】

表現；表示；表達★この表は、夏の気温と米の収穫量の関係を表しています／這張圖表呈現的是夏季氣溫和稻米生產量的關係。

●Track-008

| あらわれる／現れる | 出現、顯現 |

【表れる】

表現，顯現出；出現在表面★この手紙には、お母様の優しさが表れていますね／這封信呈現出媽媽的母愛呢。

【現れる】

出現，出來，露出★その時、空に黒い雲が現れ、強い雨が降り出した／天空那時出現了烏雲，下起了滂沱大雨。

【できる】

形成，出現★雨で水溜りができた／因為下雨形成了水坑。

【昇る】

上升，自然性的往上方移動★日が昇る前に山の頂上に着きたければ、急いだほ

うがいい／如果想在太陽升起之前到達山頂，我們最好動作快一點。

【零れる】

閃現，顯現；瞬間出現；微微露出★ホワイトニングをしてるのだろうか。真っ白い歯が零れている／他露出一口白牙，那亮白的程度像是正在接受美白療程。

| ある | 有、在、夠、普遍 |

【多く】

常見，普遍★これは初心者に多く見られるミスです／這是初學者常犯的錯誤。

【的】

…一般的；…式（的）；似乎，好像；表示帶有某種性質的★ここは家庭的な雰囲気でサービスを提供している／我們將為各位提供賓至如歸的服務。

【箇所】

（特定的）地方，部分★次の文の間違っている箇所に下線を引きなさい／請在以下文章的錯誤處畫底線。

【所々】

處處，各處，到處都是★公園の所々に咲く花を見て、春が近いことを感じた／看到公園裡到處盛開的花朵，感受到春天就要來臨了。

【唯・只】

平常，平凡，沒有什麼特別出奇的地方★肩書きを取られて「ただの人」になった／沒有了頭銜，成為一個平凡的人。

【灰】

灰燼★タバコを吸いたいのですが、灰皿はありますか／我想抽菸，請問有菸灰缸嗎？

【持ち】

負擔★月一回は会社持ちで飲みに行っています／每個月由公司公費支付一場餐酒會。

【プライバシー】privacy

私生活，個人隱私★生徒のプライバシーを守るために、写真の撮影はご遠慮ください／為保護學生的隱私，請勿拍照。

【家主】

房東，屋主，戶主★このアパートの家主は、裏の中川さんで間違いないですか／這棟公寓的房東是住在後面的中川先生沒錯吧？

【空ける】

留出時間；騰出身子、空間★週末、一緒に買い物に行きたいから、予定を空けておいてね／我這週末想跟你一起去買東西，先把時間空下來唷！

【埋まる】

填滿★ガラガラだった席が埋まった／原本空蕩蕩的會場變成了座無虛席。

【満足】

滿足，心滿意足★あなたはいまの生活に満足しているの／你滿足於現在的生活嗎？

【残す】

剩下★帰ってから食べるから、僕の分もちゃんと残しておいてね／我回家後再吃飯，要把我的份留下來哦！

あるく／歩く | 歩行

【歩・歩】
歩行★お客様に愛されるため、社員一同、歩をそろえて頑張っております／本公司為獲客戶的喜愛，全體員工齊心努力。

【ハイキング】hiking
郊遊，徒歩旅行，遠足★日曜日は、お弁当を持って、裏山へハイキングに行こう／星期天，我們帶著便當去後山郊遊吧！

【股・腿】
股，大腿★この競技の選手はみんな、腿の筋肉が発達している／參與這項競賽的選手們，每一位的腿部肌肉都很發達。

【足首】
踝，腳脖子；腳掌以上小腿以下的稍細部位★足首の怪我を防ぐために、足に合った靴を選ぶことが大切です／為避免腳踝扭傷，選擇合腳的鞋子非常重要。

● Track-009

いう／言う | 說、講、叫

【よいしょ】
嘿咻；搬重物等吆喝聲★荷物は私が持ちますよ。よいしょ、けっこう重いなあ／我來提行李。嘿咻，這行李相當重啊。

【お元気ですか】
您好嗎？★先生、お元気ですか。私は今、アフリカにいます／老師您最近好嗎？我現在人在非洲。

【インタビュー】interview
採訪，訪問★事件の被害者がインタビューに応じてくれた／事件的受害者答應接受採訪了。

【命令】
命令★ジョン、ボールを取って来い…、ジョン、どうして僕の命令を聞かないんだ／約翰，把球撿回來！…約翰，為什麼不聽我的指令呢？

【冗談】
戲言，笑話，詼諧，玩笑★犬に育てられたって言ったら、本気にされちゃって。冗談なのに／我說我是被狗養大的，他居然信以為真。我只是開玩笑的啊！

【文句】
詞句，話語★もう少し帯の文句を練る／再推敲一下書腰的宣傳文案。

【お喋り】
愛說話的人，健談，聊天，閒談★一人暮らしなので、毎日猫とおしゃべりしています／因為只有一個人住，所以我每天都對著貓說話。

【申し込む】
提議，申請，要求★彼女に結婚を申し込む／我要向她求婚。

【叫ぶ】
喊叫，呼叫，大聲叫；呼喊，呼籲★人間

は、本当に恐怖を感じると、叫ぶことも
できないそうだ／據說人類真正感到恐懼
的時候，是連叫都叫不出來的哦。

| いきる／生きる | 生活、生存 |

【世の中】

人世間，社會；時代，時期；人情世故★
世の中は甘くないというが、頑張ってる
人には優しい面もあるよ／雖說這個世
界不好混，但是對努力的人也會展現溫柔
的一面喔。

【世間】

世上，社會上；世人；社會輿論★世間で
は、男は女より強いと言われているが、
実際は逆だと思う／世人總說男人比女
人強，但我認為事實是相反的。

【民間】

民間，庶民社會★民間療法でがんは治
るか／用民間療法可以治好癌症嗎？

【命】

生命，命★どんな小さな虫にも命があ
ることを、今の子どもたちに教えたい／
我想讓現在的小朋友瞭解，再渺小的昆蟲
也是有生命的。

【一生】

一生，終生，一輩子★良子さんと二人で
見た美しい星空は、一生の思い出です
／和良子小姐一起仰望的美麗星空，是我
一生的回憶。

【生物】

生物★地球以外の星にも、きっと生物
がいると信じている／我相信地球之外的
其他星球一定也有生物存在。

【生前】

生前★これは、一人暮らしだった父が
生前かわいがっていた猫です／這是我
獨居的父親生前最疼愛的貓。

【代】

代，輩；一生，一世★十代、二十代の
若いうちに、世界中を見て回ることだ
／就是要趁著十幾二十幾歲還年輕的時候
去環遊世界。

【暮らす】

生活，度日★都会を離れ、海の近くの
町で静かに暮らしています／遠離都市
的塵囂，在靠海的小鎮過著幽靜的生活。

【過ごす】

度（日子、時間），過生活★ここは私が
幼い頃、家族とともに夏の休暇を過ご
した所です／這裡是我小時候和家人一
起度過暑假的地方。

●Track-010

| いく／行く | 去、前往 |

【各駅停車】

區間車★快速は混むから、各駅停車で
ゆっくり行きませんか／快速列車上面擠
滿了人，我們不能搭慢車悠哉悠哉前往目
的地嗎？

【快速】

高速電車★その駅は快速が停まらない
ので、次の駅で乗り換えてください／

快速列車不會停靠那一站，所以請在下一站換車。

【特急】
とっきゅう

特急列車；「特別急行」之略稱；火速★週末は特急に乗って、山へスキーに行くのが楽しみです／好期待週末搭特快車去山上滑雪哦。

【急行】
きゅうこう

急行列車★急行なら 12 分、各駅停車でも 20 分で着きますよ／搭快車要 12 分鐘，慢車也要 20 分鐘才會到哦。

【行き・行き】
ゆき

去，往★東京発大阪行きの新幹線のチケットを 2 枚買いました／我買了兩張從東京開往大阪的新幹線車票。

【片道】
かたみち

單程★夫の実家までは車で片道 4 時間もかかるんです／前往丈夫的老家，光是單趟車程就要花上 4 個小時了。

【途上】
とじょう

路上；中途★この薬はまだ開発の途上ですが、一日も早い商品化が待たれています／這種藥雖然還在研發，不過大家都很期待它能盡早上市。

【寄る】
よ

順便去，順路到★明日、仕事でそっちへ行くから、帰りにちょっと寄るよ／因為明天我要去那邊工作，回程的時候會順道去找你哦。

【上る】
のぼ

進京★地方から東京に上ることを上京

と言う／從外地到東京稱為進京。

【下る】
くだ

（由中央）到外地去，下鄉；引退，下野，下臺★野に下る／下野。

いそぐ／急ぐ　　趕緊、著急

【苛々】
いらいら

著急，焦急；焦躁，急躁★課長は気が短いから、一分でも遅れるとイライラして怒り出すよ／科長是個急性子，所以就算只遲到 1 分鐘他都會勃然大怒。

【急ぎ】
いそ

急，急忙，匆忙，急迫，緊急★すみませんが、急ぎの用ができたので、ちょっと遅れます／對不起，因為突然有急事，所以會晚點到。

【急行】
きゅうこう

急忙前往，急忙趕去★事故現場に一番近いパトロールカーに急行するよう無線で指示をします／透過無線電下令距離最近的巡邏車儘速趕往事故現場。

【争う】
あらそ

爭，爭奪★手術は一刻を争う／開刀治療乃是刻不容緩。

【慌てる】
あわ

驚慌，著急，慌張★慌てて着替えたので、左右違う靴下を履いて来てしまった／換衣服時很慌張，所以左右腳穿了不同的襪子就來了。

いとなむ／営む	經營、從事

【社】しゃ

公司，報社（的簡稱）；社會團體；組織；寺院★出版社に就職が決まった。いよいよ春から社会人だ／我已經得到了出版社的工作。今年春天終於成為社會人士了。

【主人】しゅじん

店長，老闆，店主；東家★うどん店の主人になるのが夢だ／我的夢想是開一家烏龍麵店。

【マスター】master

主人，雇主，老闆★バーのマスターに告白された／被酒吧老闆表白了。

【経営】けいえい

經營，管理★将来は自分でホテルを経営したいと思っている／我以後想自己經營一家旅館。

● Track-011

いなむ／否む	拒絕、否定

【いえ】

不，不是★「コーヒー、もう一杯いかがですか。」「いえ、けっこうです。」／「要再來一杯咖啡嗎？」「不，不用了。」

【いや】

不，不對；否定對方的話時用的詞語★「この本の著者は村上春樹だったかな。」「いや、カズオ・イシグロだ。」／「這本書的作者是村上春樹嗎…？」「不對，是石黒一雄。」

【別に】べつ

不特別（後接否定）★「洋一君も一緒に行く？」「ううん、いいよ、別に興味ないし。」／「洋一同學也要一起去嗎？」「不，不要，我又沒興趣。」

【不】ふ

不；壞；醜；笨★遊びたいのは分かるけど、不規則な生活はよくないよ／我知道你想玩，但不規律的生活作息對身體很不好喔。

【全く】まった

完全，全然（後接否定）★彼女が何を考えているのか、私には全く分かりません／我完全不懂她在想什麼。

【少しも】すこ

一點也（不），絲毫也（不）（後接否定）★親友のためにやったことだ。たとえ職を失っても、少しも後悔しない／我做的一切都是為了摯友。就算因此而丟了工作，我一點也不會後悔。

【まるで】

完全，全然；簡直（後接否定）★そんなこと、まるで知らなかった／我壓根不知道有那種事。

【遂に】つい

最後也（沒）…（後接否定）★そのことをついに言えずじまいでした／我終究沒能把那件事說出口。

【まさか】

難道，決（不）…，萬也（想不到，不會）…，怎能，怎會★まさか君があそこで泣くとは思わなかったよ。本当にびっくりした／沒想到你會躲在那裡哭。真令人大吃一驚。

【振る】

放棄，犠牲；白扔，白丟；拒絕，甩★彼は女のことで一生を棒に振った／他因為男女關係而斷送了自己的一生。

いる	在、有

【在学】

在校學習，上學★妻とは、大学在学中にボランティア活動で知り合った／我和妻子是在大學參加志工活動時認識的。

【居間】

起居室，客廳★残業で疲れて帰ると、居間のソファーで寝ちゃうんですよ／加班後疲憊不堪地回到家裡，就這樣在客廳的沙發上睡著了。

【リビング】living room 之略

起居室，客廳★日の当たるリビングで読書をするのが私の幸せです／對我而言幸福就是在陽光明媚的客廳裡閱讀。

【場面】

場面，情景，場景★この映画を見たのは10年も前だが、最後の場面ははっきり覚えている／我看這部電影是10年前的事了，但是最後一幕仍然記得非常清楚。

【環境】

環境★村の環境を守るために、工場の建設に反対している／為了保護村莊的環境，我們反對建造工廠。

いれる／入れる	放進、裝進、包含、加入

【瓶】

瓶，瓶子★アパートの床には、お酒の瓶が何本も転がっていました／當時公寓地地板上躺著好幾支酒瓶。

【缶】

罐子★瓶や缶は再利用するので、資源ごみとして出してください／因為瓶罐可回收利用，所以請丟到資源回收箱。

【カセット】cassette

盒式錄音磁帶；盒式膠捲★カセットに入っていた音楽をパソコンにコピーしました／我將錄音帶中的音樂複製到電腦裡了。

【食器棚】

餐具櫃，碗廚★食器棚の中には、美しいコーヒーカップが並んでいた／碗盤架上擺放著精緻的咖啡杯。

【ロッカー】locker

（公共場所用可上鎖的）置物櫃，置物箱，櫃子；（公司、機關用可上鎖的）文件櫃★荷物が邪魔なら、駅のロッカーに入れるといいよ／如果嫌帶著行李麻煩，就寄放在車站的櫃子裡好了。

【地下】

陰間，黃泉★地下に眠る遺跡と歴史を

物語る／長眠於地底的遺跡訴說著古老的歷史。

【袋・袋】(ふくろ・ふくろ)

袋子；口袋；囊★スーパーでもらったレジ袋にゴミを入れて持ち帰った／我把垃圾放入在超市拿到的塑膠袋裡提回家了。

【水筒】(すいとう)

水瓶，水壺★水筒に熱い紅茶を入れて持ってきました／我把熱紅茶倒進水壺裡拿過來了。

【たんす】

衣櫥，衣櫃，五斗櫃★パスポートやカードなど、大切なものはたんすの引き出しにしまっている／護照、信用卡等重要物品都放在衣櫃的抽屜裡。

【詰める】(つめる)

填滿，填塞；塞進，裝入★ジャムをたくさん作ったので、瓶に詰めて友人にあげた／因為我做了很多果醬，所以裝在瓶子裡分送了朋友。

【含める】(ふくめる)

包含，含括★大会参加者は 800 人、観客も含めると 2000 人以上が会場に集まった／出賽選手為 800 名，加上觀眾共有 2000 多人在會場上齊聚一堂。

【混ぜる】(まぜる)

混入；加上，加進；攪，攪拌★卵に醤油を少々入れて、箸でよく混ぜてください／請在雞蛋上淋上少許醬油，並用筷子攪拌均勻。

いろ／色 | 顏色

【ピンク】pink

桃紅色，粉紅色；桃色★ピンク色の頬をした女の子は、きらきらした目で私を見つめた／女孩子那時紅著臉蛋，用閃閃發光的眼睛望著我。

【紫】(むらさき)

紫，紫色★西の空はピンクから紫に変わり、とうとう真っ暗になった／西邊的天空先是從粉色變成紫色，最後終於暗了下來。

【真っ青】(まっさお)

（臉色）蒼白；蔚藍，深藍★今月の給料を落としてしまって、真っ青になった／我把這個月的薪水弄丟了，急得臉色都發青了。

【真っ白】(まっしろ)

雪白，淨白，皓白★雨が雪に変わり、辺りには真っ白な景色が広がっていた／雨轉為雪，四周盡是一片雪白的景色。

【白】(しろ)

白，皎白，白色★こちらのワイシャツは、白の他に、青と黄色があります／這裡的襯衫除了白色，還有藍色和黃色。

【灰色】(はいいろ)

灰色★彼女に振られた。僕の未来は灰色だ。いいことなんかあるわけない／我被女朋友給用了。我的未來是灰色的。不可能再遇到好事了。

【真っ黒】(まっくろ)

漆黑，烏黑★父は今年 70 ですが、まだまだ元気で髪も真っ黒です／我父親今年 70 歲，但仍然非常硬朗，頭髮也很烏黑。

【黒】

黒，黑色★制服の靴は自由ですが、色は黒に決まっています／關於制服的鞋子沒有硬性規定，但必須是黑色的。

【黒板】

黑板★彼は絵が上手で、よく教室の黒板に先生の絵をかいていました／他很擅長畫畫，經常在教室的黑板上畫老師的畫。

【真っ暗】

（前途）黯淡；漆黑★今年も単位を落としてしまった。僕の人生は真っ暗だ／今年又沒拿到學分。我的人生真是一片黑暗。

【真っ白い】

雪白的，淨白的，皓白的★花嫁は真っ白いドレスがよく似合う素敵な人でした／新娘是一位非常適合純白禮服的麗人。

【茶色い】

咖啡色，褐色★私は日本人ですが、生まれたときから髪も目も茶色いんです／我雖是日本人，但一生下來頭髮和眼睛就都是褐色的了。

いろづく／色付く	著色

【色】

色，顏色★小学校に上がるとき、24 色の色鉛筆を買ってもらった／即將上小學的時候，有人買了 24 色的色鉛筆給我。

【カラー】color

色，彩色；繪畫用顏料★こちらのパソコン、カラーは白、黒、銀色があります／這邊電腦機殼的顏色有白色、黑色和銀色。

【濃い】

顏色濃、深★最近の桃子が化粧が濃すぎて、一瞬誰かと思いました／桃子最近的妝化得太濃，我差點認不出她來。

【浅い】

顏色淡的，顏色淺的★浅いピンク色の花／淺粉色的花朵。

うける／受ける	遭受、答應、承接

【被害】

受害，損失★地震による被害は小さくないが、死者が出なかったことは不幸中の幸いだ／地震造成的災害雖然不小，不幸中的大幸是無人罹難。

【与える】

使蒙受，使遭到★地震は、私の生まれ故郷に大きな被害を与えた／地震給我的家鄉帶來了莫大的災害。

【引き受ける】

承擔，負責；承包，承攬；答應，承受，接受★自分にできない仕事は引き受けちゃだめって言わなかったっけ／我沒告訴過你不要接下自己無法完成的工作嗎？

【預かる】

收存，（代人）保管★あなたのお荷物を

預かります／您的行李由我幫您保管。

| うごかす／動かす | 操縦、感動 |

【エネルギー】(徳) energie

能源，能量★太陽光や水力など、繰り返し使えるエネルギーを再生可能エネルギーという／陽光和水力等可重複利用的能源被稱作可再生能源。

【(自動)券売機】

(門票、車票等)自動售票機★定期券を忘れちゃった。券売機で切符を買わないと／忘記帶定期車票了。我得去售票機買票才行。

【ロボット】robot

機器人；自動裝置；傀儡★あまり仕事ができないロボットが人気だというから不思議だ／不太會工作的機器人居然廣受歡迎，真是不可思議。

【機】

機器★このコピー機は新しいのに変えるべきだね。遅くて仕事にならない／這台影印機應該要換一台新的了。影印速度太慢，害我們都無法好好工作了。

【ボール】ball

球，皮球，球狀物★子どもの頃は、毎日暗くなるまでサッカーボールを追いかけていた／小時候，每天都踢足球玩到太陽下山。

【動かす】

感動，打動★彼女の声が人々の心を動かし、寄付金は目標額を大きく越えた／她的聲音打動了人們的心，使得捐款金額遠遠超過了原訂目標。

【動かす】

動，活動；搖動★からだを動かしてみませんか／要不要起身動一動呢？

【点ける】

打開(家電類)★まず、オフィスの電気とエアコンを点けてください／首先，請打開辦公室的電燈和空調。

【流れる】

流動，漂動★青空に雲が流れていく／一片流雲悠悠飄過藍天。

【揺れる】

搖晃，搖動；躊躇★地震で、ビルの50階にあるオフィスが大きく揺れた／位於50樓的辦公室在地震時劇烈地搖晃。

【揺らす】

搖擺，搖動★春の風が、公園に咲く花を揺らして、通り過ぎて行った／春風輕輕拂過，公園裡綻放的花朵隨之搖曳。

【蹴る】

踢★彼の蹴ったボールはキーパーの足の間を抜けてゴールへ飛び込んだ／他踢的那一球穿過守門員的腳下，飛進了球門。

【振る】

撒；丟，扔，擲★魚に塩を振ってからしばらく置いてください／請在魚身撒點鹽，靜置片刻。

【振る】

揮，搖，擺★日の丸の旗を振るとなぜか嬉しい／揮舞著太陽旗時不由自主地歡欣無比。

うごく／動く	動、動搖、變動

【踵】

腳後跟，腳掌後面的部分★踵を上げる／踮腳尖。

【アニメ】animation 之略

動畫片，卡通★アニメの主人公と結婚するのが子どもの頃の夢でした／和卡通主角結婚是我兒時的夢想。

【自動】

自動★セットしておけば、好きな時間に自動でお風呂が沸きます／只要先設定好，就會在您想要的時間自動蓄滿熱洗澡水。

【アクション】action

格鬥等的演技★このドラマは、派手なアクションが人気の理由だそうだ／據說激烈的動作場面正是這部戲劇受歡迎的原因。

【スポーツ選手】sports せんしゅ

運動選手★優秀なスポーツ選手は、食事内容にも気を付けている／優秀的運動員也會注意飲食。

【どきどき】

（心臟）撲通撲通地跳，七上八下★次は私の番だ。どきどきして心臓が口から飛び出しそうだ／下一個就輪到我了。緊張到心臟都快要跳出喉嚨了。

【刺す】

刺，紮，穿★鍵穴に鍵を奥まで刺したら、ゆっくり右に回してください／請將鑰匙插進鑰匙孔，然後慢慢向右轉。

【抜ける】

偷偷溜走，逃走；退出★会議を抜けて外に出た／溜出會場來到外面。

● Track-014

うたう／歌う	歌唱、歌詠

【歌】

歌，歌曲，歌詞★金メダルを胸にして聴く国歌は最高だろうなあ／胸前掛著金牌時聽到的國歌是最讓人感動的吧！

【演歌】

演歌；一般指帶有哀怨情感的日本歌謠★社長は演歌が好きだから、君も一曲歌えるように練習しておくといいよ／因為社長很喜歡演歌，所以你最好也先練一首哦。

【オペラ】opera

歌劇★このオペラは、歌はもちろん、舞台装置も素晴らしい／這齣歌劇不但歌曲動人，連舞臺裝置都很出色。

【歌劇】

歌劇★女性の悲劇を描いた歌劇は、何度観ても涙が出る／那齣描述女性悲劇的歌劇，不管看幾遍都會流下眼淚。

うつ
うつす

【ミュージカル】musical

音樂劇；音樂的，配樂的★ミュージカル俳優になりたくて、歌とダンスを勉強しています／我想成為音樂劇演員，所以正在學習唱歌和跳舞。

【ポップス】popular music 之略

流行歌，通俗歌曲；「ポピュラーミュージック」之略稱★音楽は、クラシックからポップスまで何でも好きです／在音樂方面，從古典音樂到流行歌曲我全都喜歡。

【歌手】

歌手，歌唱家★私は歌手の後ろで踊るバックダンサーをしています／我的工作是在歌手後面伴舞的舞者。

【アルバム】album

歌曲唱片集，專輯★あなたのニューアルバムがとても楽しみです／非常期待您的新專輯。

| うつす | 放映、抄、拍照 |

【デジカメ】digital camera 之略

數位相機；「デジタルカメラ」之略稱★デジカメで撮った写真をパソコンで見て楽しんでいる／我正在電腦上欣賞用數位相機拍攝的照片。

【テープ】tape

磁帶；錄音帶；錄影帶★講演会の様子は全てビデオテープに録画されています／演講會全程都已錄製在錄影帶上。

【スライド】slide

（幻燈）放映裝置；幻燈機；幻燈片★スライドで説明していきます／接下來以投影片為各位說明。

【ビデオ】video

影像，錄影；錄影機；錄影帶★息子は大好きなアニメのビデオを繰り返し見ている／兒子正在重看他最喜歡的動畫片。

【カメラマン】camera men

攝影師；（報社、雜誌等）攝影記者★戦争の写真を撮るカメラマンになって、世界平和に貢献したい／我想成為記錄戰爭的戰地攝影師，為世界和平做出貢獻。

【画面】

繪畫的畫面；照片，相片；電影等的畫面，鏡頭映射，影像★スマホの画面を見ながら歩く「ながらスマホ」は危険です／「邊走邊滑手機」，也就是邊看手機螢幕邊走路是很危險的。

【コピー】copy

抄，複寫；抄本，謄本，副本★君の作文は、まるで佐藤さんのをコピーしたようだね／你的作文簡直是抄襲佐藤同學的嘛。

【写す】

拍照★美しい写真を写したい／我想拍出美麗的好照片。

【写る】

照像，拍照；在膠片、相紙上留下影像★ここから撮ると、スカイツリーがきれいに写りますよ／在這裡拍照的話，可以拍到很壯觀的晴空塔哦！

うつる／移る ｜ 移動、感染

【乗り換え】
換乗，轉乘，改搭★電車の乗り換えがうまくいって、予定より30分も早く着いた／電車的轉乘很順利，比預定的時間早到了30分鐘。

【引っ越し】
搬家，遷居★会社の近くのマンションに引っ越しすることにした／決定搬去鄰近公司的大廈了。

【下げる】
使後退，向後移動★車を下げる／向後倒車。

【動かす】
移動，挪動★リビングのソファーを動かして、広々と使う／搬開沙發讓客廳變得更寬敞。

【移す】
移，挪；搬，遷★お客が少ないなら、駅前に店を移したらどうでしょうか／如果覺得客流量太少，要不要把店搬到車站前呢？

【移る】
移動★生活費の安い場所へ移る／遷居至物價低廉的地區。

【移る】
感染★熱や咳が出て、コロナが移ったかもしれない／出現發燒或咳嗽症狀，有可能感染了新冠肺炎。

【変わる】
改變時間地點，遷居，調任★肉体労働の職場に変わった／換成了勞力工作。

●Track-015

うまれる／生まれる ｜ 生產、孕育、出生

【息子さん】
（尊稱他人的）令郎★息子さんは、今年おいくつになられますか／請問令郎今年幾歲了？

【お孫さん】
您孫子★村田さんの病室にはお孫さんの写真が飾られていた／村田女士的病房裡擺著孫子的照片。

【妹さん】
妹妹，令妹；「妹」的鄭重說法★ずいぶん年の離れた妹さんがいらっしゃるんですね／您有個年紀小很多的妹妹呢。

【出身】
出生地，籍貫★京都の方なんですか。僕も関西出身なんですよ／請問您是京都人嗎？我也來自關西哦！

【お玉杓子】
蝌蚪★田んぼで泳いでるおたまじゃくしを見た／看到了在水田裡游動的蝌蚪。

【長女】
長女，大女兒★私は3人姉妹の長女ですので、母を手伝って、妹たちの面倒をみて来ました／因為我是三姐妹中的長女，所以從小要幫忙媽媽照顧妹妹們。

【長男】

長子，大兒子★お蔭様で、長男が大学生、次男が高校生になりました／托您的福，我家大兒子已經上大學，二兒子也上高中了。

【孫】

孫子；隔代的孫兒★息子が二人、娘が三人、孫は十二人います／我有2個兒子，3個女兒，和12個孫子。

【従兄弟・従姉妹】

堂表兄弟姉妹★父方のいとこが5人、母方のいとこが6人います／我有5位堂兄弟姊妹，和6位表兄弟姊妹。

【姪】

姪女，外甥女★子どもがいないので、私の財産は全て姪に譲ります／因為我沒有孩子，所以把所有的財產都留給我的侄女。

【生年月日】

出生年月日，生日★診察の際に、本人確認のため、氏名と生年月日を言います／進行診療的時候，為了確認是否為本人，必須說姓名和出生年月日。

【誕生】

誕生，出生★宇宙誕生の謎については、たくさんの説がある／關於宇宙誕生的奧祕，有許多不同派別的學說。

【できる】

產，發生，有★妊活を頑張って女の子ができた／努力備孕，終於順利得到女寶寶了。

うやまう／敬う	尊敬、崇拜

【御】

您(的)…，貴…；表示尊敬；表示鄭重，有禮貌的說法★この度は当社の研究にご協力頂き、厚く御礼申し上げます／此次承蒙鼎力協助敝公司之研究項目，深表感謝。

【家】

一家，一門；接於官職、稱號後表示尊敬★徳川将軍家が残した財宝を探し出せ／去找出德川將軍家族遺留的寶藏！

【殿】

大人；前接姓名等表示尊重；書信用，多用於公文★鈴木和夫殿：ご依頼の件、瞭解いたしました／鈴木和夫先生：我們已經收到了您的委託。

【祭】

節日，節日的狂歡；祭祀，祭禮★高校の文化祭でやったミュージカルがきっかけで、歌手になった／在高中校慶時演出的音樂劇，是我日後成為一名歌手的契機。

【尊敬】

尊敬★ノーベル賞を受賞した山中教授は全国民から尊敬を集めている／榮獲諾貝爾獎的山中教授得到全體國民的敬重。

【お辞儀】

行禮，敬禮，鞠躬；指低下頭寒暄★受付の女性に丁寧にお辞儀をされて、緊張しました／當時負責接待的女子鄭重向我

鞠躬行禮，讓我十分緊張。

【敬意】けいい

尊敬對方的心情，敬意★人々は立ち上がって、村を救った救助隊に敬意を表した／當時人們紛紛起立，向拯救村子的救援隊致敬。

【礼】れい

禮儀，禮節，禮貌；鞠躬；道謝，致謝；敬禮；禮品★日本に来たときお世話になった人に、お礼の手紙を書いた／我寫了一封感謝信給我在日本時一直很照顧我的人。

【敬語】けいご

敬語★いくら敬語で話しても、心がないと寧ろ失礼に感じるものだ／即使從頭到尾使用敬語，如果只是徒具形式，反而讓人覺得沒有禮貌。

【中心】ちゅうしん

中心，重點，焦點★坂本さんはいつもクラスの中心にいる人気者です／坂本同學一直是班上的風雲人物，很受大家歡迎。

【祭り】まつり

祭祀；祭日，廟會祭典★お祭りの夜は、この辺まで賑やかな声が聞こえてきますよ／祭典那天晚上，熱鬧的聲音連這附近都能聽見喔。

【重要】じゅうよう

重要，要緊★今日は重要な会議があるんだ。風邪くらいで休むわけにはいかない／今天有重要的會議，不可能因為一點感冒就請假。

うる／売る	銷售

【バーゲンセール】bargain sale

廉價出售，大拍賣；特賣，特別賤賣★これ、バーゲンセールで半額で買えたから、あなたにもあげるわ／這個是我用半價優惠買到的，送你一個吧！

【商品】しょうひん

商品，貨品★本日よりバーゲンです。こちらの商品は全て半額になります／只有今天大特價！本區商品全都半價出售！

【売店】ばいてん

（車站等）小賣店★駅の売店でおにぎりとお茶を買いました／在車站的小賣部買了飯糰和茶。

【コンビニ】convenience store 之略

便利商店；「コンビニエンスストア」之略稱★お昼は、近くのコンビニでお弁当を買うことが多いです／我經常在附近的便利店買便當作為午餐。

【スタンド】stand

銷售處★ガソリン・スタンドでアルバイトする／在汽油加油站打工。

【譲る】ゆずる

轉賣，賣給★田舎の土地を知人に安く譲る／把鄉下的土地廉價賣給朋友。

えがく／描く	描繪

【美術】びじゅつ

美術★美術大学を卒業しましたが、美術史が専門なので、絵は描けません／雖然我畢業於美術大學，但因為專攻的是美術史，所以不會畫畫。

【定規】じょうぎ

（木工用）尺，規尺；標準★定規で線を引いて、学校から家までの地図をかいた／我用尺畫線，畫出了從學校到家裡的地圖。

【無地】むじ

素色★このスーツに合わせるなら、ワイシャツは無地がいいと思います／如果要和這套西裝搭配的話，我覺得襯衫選素色的比較好。

【水玉模様】みずたまもよう

小圓點圖案★ブラウスは水玉模様、スカートは花模様、靴下は縞模様、賑やかだね／襯衫是點點花紋、裙子是印花花樣、襪子是條紋，還真是繽紛啊。

【花模様】はなもよう

花的圖樣★部屋の壁紙を花模様に替えたら、違う部屋みたいに明るくなった／把房間的壁紙換成花朵圖案後，彷彿進到了另一間房間，變得明亮多了。

【花柄】はながら

花的圖樣★男が花柄の服を着ちゃいけないっていう決まりでもあるのか／有規定男生不能穿花紋的服裝嗎？

【縞】しま

條紋，格紋，條紋布★絵が下手でも、黒と黄色の縞を描けば、だいたい虎に見えるよ／雖然不擅長畫畫，但只要畫出黑色和黄色的花紋，還是能看得出是隻老虎吧。

【縞柄】しまがら

條紋花樣★母の誕生日に縞柄のマフラーをプレゼントした／在媽媽的生日時送了條紋圍巾當作禮物。

【縞模様】しまもよう

條紋花樣★シャツは横縞、ズボンは縦縞、そんなに縞模様が好きなの／襯衫是橫條紋、褲子是直條紋，你就這麼喜歡條紋嗎？

【ストライプ】strip

條紋；條紋布★ストライプのシャツに白いジャケット、君はおしゃれだなあ／條紋襯衫搭白色夾克，你真時髦啊。

【チェック】check

方格花紋，格子，花格★通勤でチェック柄のズボンをはくのは派手ですか／穿格紋長褲上班會太花俏嗎？

【画家】がか

畫家★日本でも有名な「ひまわり」は、画家ゴッホの代表作だ／在日本也相當知名的〈向日葵〉是畫家梵谷的代表作。

【描く】えがく

描寫，描繪；畫，繪★下町の生活を描いた小説はありませんか／請問有描繪老街居民日常點滴的小說嗎？

● Track-017

える／得る	獲得、贏得

【資格】

資格，為達成某事所需的條件及能力等★専門学校に通って、美容師の資格を取りました／去職業學校上課，然後考取了美容師的執照。

【詰める】

使得出結論★切り札を持って、話し合いを詰める／拿出最後的王牌，協商達成協議。

【得る】

得，得到，取得；獲得；博得；贏得★成功より失敗した体験から、私たちは多くのものを得る／比起成功，從失敗的經驗中我們學到了許多事情。

【得る】

得，得到，取得；獲得；博得；贏得★痛みや苦労がなくては得るところがない／沒有痛苦跟辛苦就無法有所收穫。

【掴む】

獲得，收穫★過去を研究して利益を掴もう／檢討過去，從中獲益！

【握る】

掌握（占為己有）；抓住★彼女の秘密を握る／掌握她的秘密。

【助かる】

得救，脫險★彼が飛行機事故で助かったのは奇跡だ／他能在墜機意外中生還，簡直是個奇蹟！

【助ける】

救，救助；搭救；拯救；救命（於危險或災難）★海に飛び込んで、溺れている子どもを助けました／我跳進大海，救了一個溺水的孩子。

えんじる／演じる	表演、扮演

【演劇】

演劇，戲劇★大学の演劇部では、シェークスピアの劇をやりました／在大學的話劇社演出了莎士比亞的戲劇。

【ドラマ】drama

劇，連續劇，戲劇；劇本，戲劇文學；（轉）戲劇性的事件★このドラマはよく出来ていて、毎回最後まで犯人が分からない／這齣戲拍得很好，每一集不看到最後都不會知道兇手是誰。

【コメディー】comedy

喜劇，滑稽戲★凄く笑えるコメディー映画があったら、教えてください／如果有超爆笑的喜劇電影，再麻煩告訴我。

【バラエティー】variety

綜藝節目★お昼のバラエティ番組は、有名人の離婚の話ばかりだ／中午的綜藝節目都在談論名人離婚的話題。

【俳優】

（男）演員★彼は映画やテレビより、舞台で活躍している俳優です／比起電影或電視劇，作為一個演員，他在舞臺上的表現更為活躍。

【女優】

女演員★さすが女優だ。体調が悪くても、カメラが回れば最高の笑顔を見せ

る／真不愧是女演員！即使身體不適，面
對鏡頭時依然能擺出最燦爛的笑容。

【スター】star

（影劇）明星，主角★彼は本物のスター
だ。彼が映るだけで、スクリーンが明
るくなる／他是貨真價實的明星啊！只
要拍到他，整個畫面都亮了起來。

【劇場】

劇院，劇場，電影院★パリにいた頃は、
オペラやバレエを観に劇場に通ったも
のだ／我在巴黎時，去劇院觀賞了歌劇和
芭蕾舞呢！

【ステージ】stage

舞臺；講壇★またいつか一緒にステー
ジに立とう／希望有一天能再一起登上舞
臺。

おいる／老いる	年老

【年上】

年長，上了年紀的人★夫は私より 5 歳
年上ですが、子どもっぽくて弟みたい
な感じです／我先生比我大 5 歲，但他很
孩子氣，感覺就像是弟弟。

【高齢】

高齢★高齢のお客様には、あちらに車
いすをご用意しています／我們為年長的
貴賓們準備了這些輪椅。

【老い】

老，年老，衰老★久しぶりに会った父
に、親の老いを感じて寂しくなった／

見到了久違的父親，不禁對父母的年邁感
到了落寞。

【年寄り】

老人★子どもの頃、近所のお年寄りに
昔の遊びを教えてもらいました／小時
候，附近的老人家教我玩古早的遊戲。

【高齢者】

高齢者，老年人★高齢化が進み、高齢
者向けの住宅の建設が急がれる／隨著
高齢化社會的來臨，適合老年人居住房屋
的建設迫在眉睫。

【老人】

老人，老年人★父は 80 になるが、まだ
まだ老人じゃない、と頑張っている／雖
然我的父親就要 80 歲了，但他仍努力不
懈，完全不像老人。

【中年】

中年★君もそろそろ中年なんだから、
お酒は飲み過ぎないようにね／你也差
不多要步入中年了，不要喝太多酒哦！

【中高年】

中年和老年，中老年★キャンプや登山な
どの趣味を楽しむ中高年が増えている
／對野營和登山等興趣樂在其中的中老年
人正在逐年增加。

【長】

年長★長幼の別がない／無長幼之別。

●Track-018

おおい／多い	多的

【益々】（ますます）

越發，益發，更加★母親が叱ると、子どもはますます大きな声で泣き出した／母親一開口責罵，孩子就更激動的放聲大哭。

【丸】（まる）

完全，整個★第二都市が大火災で丸焼けになってしまった／第二大都市在大火中化為灰燼。

【諸】（しょ）

諸，各種各樣★ASEAN は日本語で、東南アジア諸国連合といいます／ASEAN 用日語來說就是「東南アジア諸國連合」（東南亞國家協會）。

【多く】（おおく）

多，許多，多數★彼は離婚の理由について、多くを語らなかった／關於離婚的原因，他並沒有透露太多。

【多く】（おおく）

多半，大都，大部分★ファンの多くは子どもだ／他絕大部分的粉絲都是小朋友。

【無数】（むすう）

無數★市のホームページには、事件に対する無数の意見が届いている／針對這次事件的無數意見被傳到市政府的網站上。

【体重】（たいじゅう）

體重★体重は気になるけど、甘い物はなかなかやめられない／我很在意體重，但又遲遲無法戒掉甜食。

【濃度】（のうど）

濃度★水 100g に食塩 10g が溶けている食塩水の濃度は何パーセントですか／在 100 克的水加入 10 克的食鹽後混合出來的食鹽水濃度是幾%？

【豊か】（ゆた）

豐富，寬裕，豐盈；十足，足夠★便利な都会より、自然の豊かな田舎の生活が私には合っている／比起便利的都市，能夠擁抱大自然的田園生活更適合我。

【豊か】（ゆた）

充實，精神上的豐富★豊かな心／心懷寬大。

【濃い】（こい）

濃稠，濃密★赤ちゃんの髪の毛が濃い／嬰兒頭髮很密。

【しつこい】

濃豔，濃重，膩人；（色、香、味等）濃烈得使人感到不快★しつこい味が苦手だ／我不喜歡膩人的味道。

【もったいない】

過分（好）的，好到與自身身份不相符；不勝感激；不勝惶恐★彼は私にはもったいない／我配不上他。

【伸びる】（のびる）

（勢力、才能等）擴大，增加，發展★なぜ売上げが伸びないのか／為何銷售額無法增加呢？

【埋める】（うめる）

擠滿，充塞，佔滿★本棚を漫画本で埋める／用漫畫書填滿整座書櫃。

【増やす】（ふやす）

繁殖；增加，添加★君は手伝ってくれてるのか、それとも僕の仕事を増やしてるのか／你是在幫我的忙還是在幫倒忙增加我的工作？

おきる／起きる	不睡、發生、醒來

【徹夜】

通宵，熬夜，徹夜★レポートの提出期限は明日だ。今夜は徹夜だな／明天是提交報告的最後期限。今晚得熬夜了啊。

【事件】

事件，案件★市民プールでは、最近、財布が盗まれる事件が続いている／最近在市民游泳池連續發生錢包遭竊的案件。

【出來事】

（偶發的）事件，變故★私の身に起こった不思議な出來事を、皆さん、聞いてください／請大家聽一聽發生在我身上的奇異事件。

【起きる】

發生★ひどいことが起きた／發生了一件不可理喻的事。

【起こる】

起，發生，鬧出事情★昨夜、5歳の女の子が何者かに殺されるという事件が起こった／昨晚發生了一起5歳女童遇害的凶殺案。

【覚める】

（從睡夢中）醒，醒過來；（從迷惑、錯誤、沉醉中）醒悟，清醒★目が覚めたら授

業が終わっていて、教室には僕ひとりだった／醒來時發現已經下課，教室裡只剩我一個人了。

【覚ます】

（從睡夢中）弄醒，喚醒；（從迷惑、錯誤中）清醒，醒酒；使清醒，使覺醒★お父さんが目を覚ましたら、この薬を飲ませてね／等爸爸醒來了以後，就給他吃這個藥哦。

● Track-019

おく／置く	配置、放置

【間取り】

（房子的）房間佈局，採間，平面佈局★101号室と102号室とは、広さは同じですが間取りが違います／101號房和102號房雖然大小相同，但房間格局不同。

【棚】

（放置東西的）隔板，架子，棚架★食器棚の中にお菓子があります。自由に食べてください／餐具櫃裡有點心，請隨意取用。

【カーペット】carpet

地毯，鋪墊型編織物★壁紙もカーテンもカーペットも私の好きな緑色にしました／壁紙、窗簾和地毯都選了我喜歡的綠色。

【絨毯】

地毯★じゅうたんは丁寧に掃除機をかけてください／請用吸塵器仔細清潔地毯。

【床】

地板★最後に掃除したのはいつ？床の

上がほこりだらけよ／上一次打掃是什麼時候？地板上到處都是灰塵耶。

【載せる】
放，擱；托★荷物を棚に載せる／把行李放在架上。

おくる／送る	送、寄送、送(人)

【船便】
船運★急ぎませんから船便でいいですよ、安いですから／不急著送達，用海運就好了哦。這樣比較便宜。

【宅配便】
宅急便★通信販売で買ったかばんが、宅配便で届いた／網購的包包已經宅配到貨了。

【インターネット】internet
網路★インターネットで海外のドラマを見るのが好きです／我喜歡在網路上收看國外的電視劇。

【ファックス】fax
傳真★会員名簿を今すぐ、ファックスで送ってもらえますか／請問您能立即把會員名單傳真過來嗎？

【送料】
郵費，運費★１万円以上買っていただいた方は、送料が無料になります／消費達到一萬圓以上的貴賓享有免運費服務。

【郵送料】
郵費★速達で送りたいのですが、郵送料はいくらになりますか／我想寄快遞，請問郵資多少錢？

【郵便局員】
郵局局員★こちらのサービスについては郵便局員までお尋ねください／關於這項服務，請詢問郵局職員。

【郵便】
郵政；郵件★「まだ郵便が来ないね。」「今日は日曜日だから、配達はないよ。」／「郵件還沒送來嗎？」「今天是星期日，不會送信哦！」

【速達】
快速信件★明日中にこちらに届くように、今日速達で出してください／請於今天以限時專送寄件，這樣才來得及在明天之內送達這裡。

【書留】
掛號(信)★裁判所からの書類が書留郵便で送られて来た／法院的檔案是用掛號信寄來的。

【郵送】
郵寄★「資料はFAXで送りますか、それとも郵送しますか。」「じゃ、郵送してください。」／「資料要傳真過去，還是郵寄過去？」「那麼，麻煩郵寄。」

【向ける】
派遣★使者を敵国に向けた／派遣了使者前往敵國。

【届ける】
送到，送給，送去★私の演奏で、世界の子どもたちに幸せを届けたい／希望透過我的演奏，給全世界的孩子們帶來幸福。

おこす／起こす ── 喚醒、立起、產生

【起こす】
喚起，喚醒，叫醒★この子は何度起こしても、またすぐに寝てしまうんです／不管叫醒這個孩子多少次，他馬上又睡著了。

【起こす】
湧起情感；自然的湧出、生起；因某事而引起；惹起不愉快的事情；精神振奮起來★不快な感じを起こさせる／令人感到不快。

【産む】
產生★彼女の離婚に関して、いろいろなうわさを産んだ／有關她離婚的種種傳聞甚囂塵上。

【立てる】
冒，揚起★煙を立てて焼鳥が焼かれていた／雞肉在煙熏火燎中烤好了。

● Track-020

おさない／幼い ── 年幼

【若者】
年輕人，青年★「最近の若者は…」という文句は、5000 年も前から言われていたそうだ／「最近的年輕人…」這種說法，據說 5000 年前就有人用了。

【幼児】
幼兒，幼童★このアニメは幼児向けだが、大人が見ても十分面白い／雖然這部卡通是給幼兒看的，但大人看了也會感到十分有趣。

【少年】
少年★あの美しい少年も、40 年後には私と同じ、お腹の出たおじさんさ／當年的那位美少年，過了 40 年也和我一樣，變成了啤酒肚的大叔了。

【小学生】
小學生★町内野球大会で、小学生チームと戦って、負けた／我們在鎮上的棒球大賽中和小學生隊伍對決，結果輸了。

おしえる／教える ── 教授

【教】
教，教導，教授★胎教を始める／開始進行胎教。

【アドバイス】advice
勸告，提意見，建議★コーチのアドバイスで走り方を変えた結果、大会で優勝できた／聽從教練的建議改變了跑步方式，最後在大賽上贏得了優勝。

【教え】
教導，教誨，教訓，教育，指教★6 歳で柔道を始めてから、先生の教えを守ってきました／自從我 6 歳開始學習柔道以來，一直遵循著老師的教誨。

【保健体育】
（國高中學科之一）保健體育★明日の保健体育の授業は、体育館で体力測定をします／明天的健康與體育課要在體育館

進行體力測試。

【教科書】（きょうかしょ）

教科書，教材★試験を始めます。教科書とノートなどは机の中にしまってください／考試開始。教科書和筆記本等請收進抽屜裡。

【コース】course

課程，學程★「空手習ってるの？すごいね。」「でもまだ初心者コースなんだ。」／「你在學空手道？好厲害哦。」「不過我還在上初學者課程。」

【教師】（きょうし）

教師，老師★当校には優秀で教育熱心な教師がたくさんおります／本校有許多熱衷教育的優秀教師。

【教員】（きょういん）

教師，教職員★中学、高校の数学科の教員免許を持っています／我擁有國高中數學教師的教師資格。

【中学】（ちゅうがく）

中學，初中，國中★中学の卒業アルバムが出てきた。懐かしいなあ／偶然翻出了中學畢業紀念冊，好懷念啊。

【短期大学】（たんきだいがく）

兩年或三年制的短期大學★この短期大学は、就職率がいいことで有名です／這所大專院校以高就業率而著名。

【大学院】（だいがくいん）

大學的研究所★就職するか、大学院へ進学するか迷っています／我還在猶豫到底應該就業還是繼續攻讀研究所。

【専門学校】（せんもんがっこう）

專科學校★日本語学校を卒業したら、アニメの専門学校に行きたいです／從日語學校畢業之後，我想去攻讀動漫專業學校。

おす／推す	推斷、推選

【もしかすると】

也許，或許，可能★もしかすると、このままの勢いで、彼が優勝するかもしれないぞ／如果繼續乘勝追擊，他很可能會奪下冠軍哦！

【もしかしたら】

或許，萬一，可能，說不定★もしかしたら、午後の会議にちょっと遅れるかもしれません／下午的會議可能會遲到。

【もしかして】

或許，可能★もしかして、君、山本君の妹？そっくりだね／妳該不會是山本同學的妹妹吧？你們長得真像啊！

【それとも】

或者，還是★ちょっとお茶を飲みませんか。それとも何か食べますか／你要不要喝點茶？還是想吃點什麼？

【絶対】（ぜったい）

絕對，無與倫比；堅絕，斷然，一定★結婚するとき、君を絶対に幸せにするって言ったよね？／結婚的時候，我說過一定會讓妳幸福，對吧？

【きっと】

一定；必定★君の実力が出せればきっとうまくいくよ。自信を持って／只要發揮你的實力就一定能成功。要有信心！

【読み】

預見，看出；事先洞察事物的變化或趨勢★彼は若いが読みが深い／他雖年輕，但是個深謀遠慮的人。

【人気】

商情，市況，行情★人気が良い／生意興隆。

【予想】

預料，預測，預計★この映画は、予想通りのストーリーで、全然面白くなかった／這部電影的劇情就和我預料的一模一樣，一點都不精采。

【計算】

估計，算計，考慮，評估★計算された結婚／經過考慮的結婚。

【積もる】

估計，估算，估量；推測，預見，忖度★研究開発の費用を見積もるのは難しい／研發經費難以估計。

【押さえる】

壓，按★敵が入ってこないようにドアを押さえる／使勁抵住門阻擋敵人的入侵。

● Track-021

おちる／落ちる　落下、落選

【水滴】

水滴；（注水研墨用的）硯水壺★彼女は

ハンカチを出して、グラスに付いた水滴を拭いた／她拿出手帕，擦掉了附著在玻璃杯上的水滴。

【引力】

引力，萬有引力★ニュートンは、リンゴが落ちるのを見て、引力の存在に気付いたそうだ／據說牛頓是因為看到掉落的蘋果，於是進而發現了地心引力的存在。

【外れる】

落選，不能加入（組織）★負けた方は選考から外れる／落敗者將失去參賽資格。

【散る】

凋謝，散漫，落下★昨日まで美しく咲いていた桜が、一夜のうちに散ってしまった／直到昨天還絢爛地綻放的櫻花，一夕之間就落英遍地了。

おとなしい　溫順

【温い】

溫和，不夠嚴厲，寬鬆★そんな温いやり方ではいい後継者は育たないぞ／像你那樣寬容厚道，哪裡能栽培出稱職的接班人呢！

【大人しい】

老實，安詳，溫順，穩靜；善良；規規矩矩；馴順，馴服；聽話，乖★普段大人しい人ほど、本当に怒ると怖いという／平時越是溫和的人，生起氣來就越是恐怖。

【地味】

性質、思考方式、生活態度等比較低調，不顯眼；質樸，沒有什麼修飾；踏實★昼

間は地味な銀行員、夜はダンスホールでアルバイトをしている／我白天是不起眼的銀行行員，晚上在舞廳兼職。

【消極的】

消極的★合コンでカラオケに行ったが、みんな消極的で、歌ったのは私だけだった／聯誼時去了卡拉OK，但大家都興趣缺缺，到頭來只有我一個人在唱。

【黙る】

不說話，不作聲，沉默；緘默★先生に叱られた少年は、ただ黙って下を向いていた／老師訓斥的那名少年只是默默的低著頭。

おどろく／驚く	驚訝、害怕

【あれっ・あれ】

呀！哎呀！哎，哎喲★「あれっ、田中さんは？」「田中さんならさっき帰ったよ。」／「咦，田中先生呢？」「田中先生剛才回去了哦！」

【ショック】shock

衝擊，震動；刺激，打擊，震驚★娘にお父さん嫌いと言われて、ショックで食事が喉を通らない／女兒對我說「最討厭爸爸了」，我因而受到打擊，連飯都吃不下了。

【ホラー】horror

恐怖，戰慄★昼間に見たホラー映画のせいで、昨夜は眠れなかった／都是因為昨天白天看了恐怖片，害我昨晚沒睡好。

【意外】

意外，想不到，出乎意料★忘年会では、いつも真面目な課長の意外な一面が見られた／在尾牙上，發現了總是非常嚴肅的科長讓人意想不到的一面。

【凄い】

可怕的，駭人的★その男は凄い顔をしている／那男的長得一臉橫肉。

●Track-022

おもう／思う	思索、感覺

【ご遠慮なく】

請不用客氣★いつでもお手伝いします。ご遠慮なくおっしゃってください／無論什麼時候我都能幫忙。請直說不要客氣。

【思わず】

禁不住，不由得，不由自主地，情不自禁地，不知不覺地★今だけ半額っていうから、思わず買っちゃったわ／說是半價優惠只限現在，不由自主的就買了回家！

【案外】

意想不到，出乎意外★佐々木部長って普段は厳しいけど、案外優しいところもあるんです／佐佐木經理平時雖然很嚴格，但也有出人意料的溫柔之處。

【一体】

到底，究竟★突然会社を辞めるなんて、一体何があったんですか／怎麼突然向公司辭職了，究竟發生了什麼事啊？

【やはり・やっぱり】

果然；還是，仍然★やっぱり先生はすごいな。先生に聞けばなんでも分かる／老師果然厲害！只要問老師，任何問題都能迎刃而解。

【どこか】

總覺得，好像★「自分はどこか変だ」と信じ込んで、自分を苦しませてしまった／當時一股腦地認定「自己不太正常」而使自己備受折磨。

【まさか】

一旦，萬一；沒有預料的事態來臨★まさかの場合に役立てる／萬一之時派上用場。

【思い】

思，思想，思考，思索★彼はもの思いに沈んだ顔でぶらんこ椅子に座っている／他一臉沉思地坐在吊椅上。

【思い】

願望，心願，意願，志願★やっと思いがかなった／終於如願以償了。

【思い出】

回憶，回想，追憶，追懷★思い出の物は全部捨てて、新しい人生を始めよう／把具有回憶的物品全部扔掉，開始全新的人生吧！

【胸】

心裡，內心，心胸★幸せで胸がいっぱいになる／心裡滿滿的幸福。

【腹】

心情，情緒★友達の一言に腹が立ってしまった／因為朋友的一句話而發火了。

【怒り】

怒，憤怒，生氣★首相の無責任な態度に、国民の怒りは爆発した／首相不負責任的態度引發了公憤。

【不安】

不安，不放心，擔心★「私は絶対にミスしません。」「それを聞いて、ますます不安になったよ。」／「我絕對不會犯錯！」「聽你這麼一說，我更不安了耶。」

【可笑しい】

可笑的，滑稽的，奇怪的，可疑的★泥棒が慌てて逃げる動画がおかしくて、何度も見てしまう／小偷倉皇逃跑的動畫十分滑稽，我看了好幾遍。

【苦しい】

困難，艱難，難辦★厳しい市場ニーズに対応するには、苦しい仕事を引き受けなければいけないこともあるでしょう／為因應日益嚴峻的市場需求，不得不承接高難度的工作。

【楽】

容易，簡單，輕鬆★彼は競走に楽に勝った／他在賽跑項目中輕易取勝。

【緊張】

緊張★練習の時はできるのに、本番になると緊張して、失敗してしまう／練習時明明都能成功，但是正式演出時就因緊張而失敗了。

【ほっと】

放心★病気だと聞いていたけど、元気な顔を見てほっとしたよ／之前聽說她生病了，現在看到她有精神的樣子，也就鬆了一口氣。

【イメージ】image

（心中的）形象；意象；印象★自分が優勝する姿をイメージして、練習しています／練習時在腦中想像著自己獲得勝利時的身影。

【描く】

想像★結婚に対して、そんなに理想を描かないほうがいいよ／不要對結婚懷有過度的幻想比較好。

【思い描く】

在心裡描繪，想像★女優の道は思い描いていたものとは全く違う。厳しいものだった／成為女演員的這條路崎嶇難行，和想像中完全不一樣。

【思いやる】

令人擔憂，不堪設想★赤ちゃんが産まれてからのことを考えると、先が思いやられる／一想到生下寶寶以後的日子，不由得令人憂心忡忡。

【思い付く】

（忽然）想出，想起，想到★この案は彼のものじゃない。最初に私が思いついたんだ／這個提案不是他的創意。一開始是我想到的。

【感じる・感ずる】

感想；感動，感佩★天文学の楽しさを感じてみませんか？／願意一起探索天文學的奧秘嗎？

● Track-023

おる／織る	編織

【ウール】wool

羊毛，毛線，毛織品★やっぱりウール100パーセントのセーターは暖かいな／果然還是百分百純羊毛的毛衣溫暖啊！

【シルク】silk

絲，絲綢；生絲★いとこの就職祝いにシルクのネクタイを贈りました／為了慶祝表弟找到工作，我送了他一條絲質的領帶。

【綿】

棉，棉線；棉織品★こちらのティーシャツは綿100パーセントで、肌に優しいです／這裡的T恤是百分百純棉的，十分親膚。

【コットン】cotton

棉，棉花；木綿，棉織品★表の生地はシルク、肌に触れる裏はコットン100パーセントです／表面的布料是絲綢，會接觸到皮膚的內裏是百分百的棉質。

【麻】

麻纖維，麻紗；麻布，夏布★このワンピースは、綿に麻が20パーセント入っています／這件洋裝的棉料含有20%的麻纖維。

おわる／終わる	結束

【つまり】

就是說；用以加強語氣，即★彼女とはひと月会ってない。つまり、もう別れたんだ／我一個月沒有見到她了。也就是說，我們已經分手了。

【遂に】

終於；直到最後；竟然★100 巻まで続いた人気漫画が、遂に最終回を迎えた／連載一百期的高人氣漫畫，終究迎來了最後一回。

【結果】

結果，結局；後果★運ではない。これは彼が努力を続けてきた当然の結果です／這並非運氣，而是他努力不懈的必然結果。

【暮れ】

歳末，年終，年底★いよいよ今年の暮れに 40 歳を迎える／今年年底終於要邁入 40 大關了。

【月末】

月終，月底★商品の代金は月末までに銀行に入金してください／商品的貨款請在月底之前匯入銀行。

【片付く】

得到解決；處理好；做完；賣掉★この仕事が片付いたら、一度休みをとって旅行にでも行きたい／完成這項工作之後，我想休假一陣子去旅行。

【片付ける】

解決，處理★借金をかたづけた／把債務還清了。

【済ます】

弄完，搞完，辦完；結束★遊びに行く前に、宿題を済ましてしまいなさい／出去玩之前要先把作業寫完！

【済ませる】

做完，完成★用事を済ませる／做完工作。

【閉じる】

結束★結婚式は華やかに幕を閉じました／盛大的結婚典禮圓滿落幕了。

【畳む】

關閉，結束；藏在心裡★店を畳んで、田舎に帰ります／決定關門歇業，回鄉下去。

【切らす】

用盡，用光★ちょっと今、コーヒーを切らしていて、紅茶でいいですか／現在剛好沒有咖啡了，請問紅茶可以嗎？

【切れる】

罄盡，用盡；賣光，脫銷★ガソリンが切れているとエンジンはかかりません／汽油沒有了，引擎就無法發動。

【明ける】

結束，終了；滿期★育児休暇が明けた／育嬰假放完了。

● Track-024

かえる	交換、轉換、 復元、回家

【即ち】

即，換言之；即是，正是；則，彼時；乃，於是★検討します、とは即ち、この案に賛成できないという意味だろう？／你說尚需討論，意思就是不贊成這個方案對吧？

【通訳】

翻譯，口譯，翻譯者，譯員★政治家の通訳として、これまで様々な国際会議に出席しました／身為政治家的口譯員，

到目前為止已經參加過大大小小的國際會議。

【戻り】

回家；歸途；恢復原狀★「部長、お戻りは何時くらいですか。」「午後 2 時には戻るよ。」／「經理，請問您大約幾點回來呢？」「下午 2 點就回來囉。」

【帰国】

回國，歸國；回到家鄉★正月明け、成田空港は帰国ラッシュで混雑していた／新年假期結束後，返國的人潮把成田機場擠得水洩不通。

【交換】

交換；交易★このシール 10 枚で、お買物券 1000 円分と交換致します／用這 10 張貼紙兌換 1000 圓的購物券。

【両替】

兌換，換錢，兌幣★イタリアに行くので、銀行で円をユーロに両替した／因為我要去義大利，所以去銀行把日元兌換成了歐元。

【訳す】

翻譯；解釋★翻訳は、単語の意味をそのまま訳せばいいというわけではない／所謂翻譯，並不是把單字的意思直接譯過來就可以了。

【帰省】

歸省，回家省親，探親★お母さん、夏休みには帰省するから、楽しみにしててね／媽媽，我暑假就會回家了，等我哦！

【帰宅】

回家★「ただいま主人は留守ですが。」「何時ごろに帰宅されますか。」／「我先生現在不在家。」「請問大概什麼時候回來呢？」

【返る】

還原，恢復；恢復原有狀態★もとに返る／恢復原狀。

【返る】

歸還，返還；物歸原主★貸した金が返ってきた／借出去的錢還回來了。

【換える】

換，交換；變換★時々窓を開けて、部屋の空気を換えましょう／偶爾打開窗戶，讓房間換換空氣吧。

【替える】

換，改換，更換★小さいので、もうひとつ大きいサイズに替えてもらえますか／因為有點小，可以換大一點的尺寸嗎？

【代える】

改換，代替★今回の事故の責任を取って、会社は社長を代えるべきだ／公司董事長應該換人，以負起這起事故的責任。

かかわる ｜ 關係、牽連

【的】

…上的★長年に渡って、私を精神的に支えてくれた妻に感謝します／我要感謝妻子多年來始終是我的精神支柱。

【直接】

直接的，沒有其他事物介入的★メールや

電話ではなく、直接会って話したいな／我真希望不要透過郵件或電話，而是直接面談。

【仲】なか

交情；(人和人之間的) 聯繫★ケンカするほど仲がいいっていうけど、君たちを見ていると、本当だね／都說「吵得越兇感情越好」，看到你們的例子後，發現還真的是這樣呢。

【影響】えいきょう

影響★野菜の値段が高いのは、先月の台風の影響らしい／菜價居高不下的原因可能是上個月颱風來襲的影響。

【繋ぐ】つな

維持，維繫★残酷で、辛いことばかりの戦争の最中、一つの命を繋いだのは、「愛」でした／在充斥著殘酷和痛苦的戰爭中，是「愛」延續了一條生命。

【繋がる】つな

牽連，牽涉；株連，有血緣，親屬關係★事件に繋がる証拠がない／找不到與案件相關的證物。

【通じる・通ずる】つう　つう

通到，通往★民家の間の細い道を入ると、山に通じる道がある／鑽進民宅間的巷弄，有條小路可通往山上。

【係る】かか

關連；牽連★人命に係ることだ／關係到人命的問題。

【結ぶ】むす

建立關係，結合，結成，結盟，勾結★台

北市と姉妹都市関係を結ぶ／該城市與台北市締結為姉妹市。

●Track-025

かぎる／限る	界線、期限

【底】そこ

到盡頭，邊際★底が知れない淵／無底深淵。

【期限】きげん

期限★この本は貸し出し期限が過ぎています。すぐに返してください／這本書已經超過借閱期限了。趕快拿去還！

【締め切り】し

截止；屆滿★応募者に番組 DVD のプレゼント。締め切りは二月十日／來信索取者我們將贈送本節目的 DVD。索取截止日期是 2 月 10 日。

【切れる】き

期滿，到期；期限到了，失去效力★今季で契約が切れる／到本季契約便到期了。

かく／書く	書寫

【インキ】ink

墨水，油墨★万年筆のインキは、黒と青がありますが、どちらにしますか／鋼筆的墨水有黑色的和藍色的，要用哪一種呢？

【インク】ink

墨水★プリンターのインクが切れたの

で、買ってきてください／印表機沒有墨水了，所以要請你去買。

【チョーク】chalk

粉筆★黒板に白いチョークと赤いチョークで絵を描いた／用白粉筆和紅粉筆在黑板上作了畫。

【紙】

紙張，紙★アート紙を使う／使用銅版紙。

【便箋】

信紙，便箋★たった1枚の手紙を書くのに、便箋を10枚も無駄にしちゃった／僅僅為了寫一封信，竟浪費了十張便條。

【ローマ字】Roma じ

羅馬字★名前は、片仮名とローマ字、両方の記入をお願いします／姓名欄位請同時標注片假名和羅馬拼音。

【点】

逗號，標點符號★文に点を打つ／給句子標上標點符號。

【偏】

漢字的偏旁★漢字の左側を「偏」という。「体」という漢字は「にんべん（人偏）」に「本」／漢字的左側稱為「偏」。「体」這個漢字是「人字偏旁」再加上「本」。

【数字】

數字；阿拉伯數字★暗証番号に生年月日の数字を使うのは避けましょう／請避免使用出生年月日等數字設定密碼。

【状】

書面，信件★医者から、もっと大きい病院に行くように言われ、紹介状を渡さ

れた／醫生建議我去更大型的醫院就診，並給了我轉診單。

【書類】

文書，公文，文件★健康診断を受けるために、こちらの書類に記入をお願いします／由於要進行體檢，麻煩填寫這些資料。

【書き取り】

聽寫；默寫★漢字がどうしても覚えられなくて、書き取りの試験は苦手だ／漢字怎麼樣都背不起來，很害怕聽寫考試。

かける／掛ける	懸掛、繋上、澆灌

【掛ける】

繋上；捆上★小包にひもを掛けている／用細繩捆著小包裹。

【掛ける】

撩（水）；澆；潑；倒，灌★木に水を掛ける／給樹木澆水。

【下げる】

吊；懸；掛；佩帶，提★玄関と廊下の間にカーテンを下げて仕切る／懸掛門簾以隔開玄關和走廊。

かこむ／囲む	包覆、包圍

【皮】

皮，表皮；皮革★餃子の皮に果物を包

んで揚げるお菓子が流行っている／現在很流行在餃子皮裡包入水果餡後油炸的甜點。

【皮膚】

皮膚★皮膚が弱いので、化粧品には気をつけています／因為我的皮膚不好，所以使用化粧品時總是很謹慎。

【囲む】

圍上，包圍，圍繞，環繞★祖父は、最後まで家族に囲まれて、幸せな人生だったと思う／爺爺直到臨終前都有家人隨侍在側，我想，爺爺應該走完了幸福的一生。

【掛ける】

戴上；蒙上；蓋上★その部屋のテーブルには美しい布が掛けてあった／那個房間的桌子上鋪著一塊漂亮的布。

かさなる／重なる	重疊

【倍】

倍，加倍；某數量兩個之和★やられたら倍にしてやり返す／如果被欺負，定會加倍奉還。

【重ねる】

重疊地堆放；疊加；加上，放上★職場が寒いので、セーターを何枚も重ねて着ています／因為辦公室很冷，所以我穿了好幾件毛衣。

【積む】

堆積，積疊★このお寺は、四角く切った石を積んで造られています／這座寺廟是以方形切割的石塊堆砌建造而成的。

かざる／飾る	裝飾

【ディスプレー】display

陳列，展覽★デパートで、服や靴のディスプレーの仕事をしています／在百貨商店從事陳列服飾和鞋子的工作。

【飾り】

裝飾；裝飾品★彼女は大きな羽飾りのついた帽子を被っていました／她戴了一頂帶有大羽毛裝飾的帽子。

【リボン】ribbon

緞帶，絲帶；髮帶；蝴蝶結★髪に大きなリボンを結んでいるのがうちの娘です／頭上綁著大蝴蝶結的就是我女兒。

【ネックレス】necklace

項鍊★このドレスに合うネックレスが欲しいのですが／我想要一條能搭配這件洋裝的項鍊。

● Track-026

かぞえる／数える	計算

【その上】

又，而且，再加上★今日は最悪の日だ。財布を失くした。その上、自転車を盗まれた／今天真是最慘的一天。先是遺失錢包，然後自行車又被偷了。

【丸】

（接頭詞）整，滿★この庭を造って、ちょうど丸10年たった／這座庭院落成到現在恰好滿10年了。

【倍】（ばい）

（接尾詞）倍，相同數重複相加的次數★このレストランは他より値段が2倍高いが、3倍おいしい／雖然這家餐廳比別家的價格貴兩倍，但是比別家好吃三倍。

【両】（りょう）

雙，兩★春には、川の両岸に咲く桜を見に、たくさんの人が訪れる／春天，有很多人來到河川的兩岸邊觀賞盛開的櫻花。

【第】（だい）

順序；考試及格，錄取★これより第10回定期演奏会を始めます／現在揭開第10屆定期演奏會的序幕。

【号】（ごう）

號；編號的單位★このアパートの102号室に住んでいます／我住在這間公寓的102號房。

【校】（こう）

計算校對次數的量詞★一番最初の校正を初校という／第一次校對稱為「一校」。

【車】（しゃ）

（量詞）車，輛；車廂★トラック10車／10輛卡車。

【泊・泊】（はく・ばく）

宿，晚，夜★冬休みは、三泊四日で北海道へスキーに行く予定です／寒假期間，我計劃一趟4天3夜的旅行去北海道滑雪。

【歩・歩】（ほ・ぼ）

步；腳步的單位★彼は一歩前へ進んだ／他前進了一步。

【椀・碗】（わん・わん）

（量詞）碗★おいしいから、ご飯3碗も食べた／太好吃了，吃了3碗飯。

【割り・割】（わり・わり）

（量詞）十分之一，一成★バーゲンセールです。店内の商品は全品2割引きです／大特價！全館商品8折出售！

【番】（ばん）

號；盤（比賽）★なぜ、バスケの背番号は4番から始まるのですか／為什麼籃球衣的背號是從4號開始編排呢？

【日】（か）

天；計算天數的量詞★あと十日で今年も終わりだ／再過10天今年就結束了。

【パーセント】percent

百分率★今回の選挙は国民の関心が高く、投票率は前回より10パーセント以上高かった／國民都很關心這次的選舉，投票率比上次高出了百分之十以上。

【問】（もん）

問，問題，設問★100問中85問以上正解なら合格です／100題裡答對85題就算合格了。

【重】（じゅう）

重；層★二重に包む／包上兩層。

【名】（めい）

名，人：計算人數的量詞★会場(かいじょう)のレストランを 12 時から、40 名(じ・めい)で予約(よやく)しました／已經預約了會場的餐廳，總共 40 人從 12 點開始用餐。

【柱(はしら)】

尊，位（佛像）；具（遺骨）★英霊碑(えいれいひ)には、無名戦士(むめいせんし) 2 柱(はしら)の遺骨(いこつ)が納(おさ)められている／英靈紀念碑下方安厝著兩位無名戰士的遺骨。

【頭(とう)】

頭；計算牛、馬等的量詞★この動物園(どうぶつえん)にはゾウが 2 頭(とう)、ライオンが 5 頭(とう)、猿(さる)が 20 匹(びき)います／這座動物園裡有 2 頭大象、5 隻獅子，和 20 隻猴子。

【羽(わ)】

隻；計算鳥或兔子等的量詞★おばあちゃんの庭(にわ)には鶏三羽(にわとりさんわ)飼(か)っています／外婆家的院子裡養了 3 隻雞。

【皿(さら)】

碟，盤，計算盤子等的量詞；道，計算料理的單位★回転寿司(かいてんずし)で 10 皿食(さらた)べた／在迴轉壽司店吃了 10 盤。

【軒・軒(けん・げん)】

表房屋數量★ケーキ屋(や)なら、角(かど)の郵便局(きょく・ゆうびん)の 3 軒先(げんさき)にありますよ／要找蛋糕店的話，轉角的郵局再過去第 3 間就是了哦。

【機(き)】

架★昼(ひる)は数(かず) 10 機(き)の編隊(へんたい)で南(みなみ)からきた／早上有數十架戰機聯隊從南方飛來了。

【部(ぶ)】

部，冊，份，用於計量書、報等量詞★朝刊(かん・ぶ・えん)は 1 部 150 円です／晨報每份 150 圓。

【巻(かん)】

卷，書冊；書畫的手卷，卷子★こちらの本(ほん)は上巻(じょうかん)、下巻(げかん)合(あ)わせて 4800 円(えん)になります／這本書上下冊合售總共 4800 圓。

【通(つう)】

封，件；計算書信或文件等的量詞★この手紙(てがみ) 1 通(つう)で、この本(ほん)を書(か)いた苦労(くろう)が報(むく)われました／撰寫這本書的辛苦，在這一封信裡得到了回報。

【行(ぎょう)】

行，計算行數的單位★兄(あに)の起(お)こした事件(じけん)について、新聞(しんぶん)の隅(すみ)に 10 行(ぎょう)ほどの記事(きじ)が載(の)った／關於哥哥引發的事件，在報紙一角刊登了 10 行左右的報導。

【編(へん)】

卷，冊★この小説(しょうせつ)は、主人公(しゅじんこう)の少年時代(しょうねんじ・だい)を描(えが)いた前編(ぜんぺん)と、成長後(せいちょうご)の後編(こうへん)に分(わ)かれている／這部小說分為描寫主人公少年時代的上卷，以及成長之後的下卷。

【位(い)】

位，順位★全国大会(ぜんこくたいかい)で 3 位以内(いいない)に入(はい)ることが目標(もくひょう)です／目標是打進全國大賽前 3 名。

【着(ちゃく)】

名；記數順序、名次或到達順序的量詞★決勝(けっしょう)に残(のこ)るためには、3 着以内(ちゃくいない)に入(はい)らなければならない／為了進入決賽，非得打進前 3 名不可。

【着(ちゃく)】

套；計算衣服的單位★洋服一着(ようふくいっちゃく)を買(か)った／買了一套西裝。

【足】

（量詞）雙；足★3足1000円の靴下は、やはりすぐに穴が空く／3雙1000圓的襪子果然很快就破洞了。

【回り】

周，圈★朝早く起きて近所をひと回り散歩する／每天清晨起床到附近繞一圈散步。

【番】

班，輪班★次は私の番ですよ。ちゃんと順番を守ってください／下一個輪到我了哦，請務必遵守順序。

【マイナス】minus

零下的氣溫★摂氏マイナス40度まで冷却する／降溫至攝氏零下40度冷卻。

【数】

數，數目★小さい頃、お風呂で母と一緒に100まで数を数えました／小時候曾和媽媽在浴室裡從1數到100。

【デジタル】digital

數位的，數字的，計量的★デジタル家電製品の売り場では、ロボット掃除機が人気です／掃地機器人在數位家電產品的專櫃賣得很好。

【兆】

（數字、數量）兆★毎年3兆匹の虫が、空を飛んで大陸間を季節移動しているそうだ／據說，每年有3兆隻蟲子藉由空中飛行於五大洲之間進行季節性遷徙。

【整数】

（數字）整數★1、2、3を正の整数、-1、-2、-3を負の整数という／1、2、3是正整數，-1、-2、-3是負整數。

【奇数】

（數字）奇數★偶数番号の人はこちら、奇数番号の人はあちらに並んでください／偶數號的人請在這裡排隊，奇數號的人請在那裡排隊。

【小数】

（數字）小數★資料の数字は、15.88のように小数第2位まで記入する／資料上的數字請填寫到小數點第2位，例如15.88。

【少数】

少數★物事を決めるときは、少数の意見もきちんと聞くことが大切だ／做決定的時候，聽取少數人的意見是非常重要的。

【分数】

（數學的）分數★分数の足し算、引き算の問題が苦手です／我很不擅長做分數加減運算的題目。

【点数】

件數，物品的數量★出荷品の点数を確かめる／清點出貨件數。

【平均】

平均；（數學的）平均值；平衡，均衡★東京の1月の平均気温は、最高気温が10度、最低気温が2度です／東京1月份的平均溫度，最高為10度，最低為2度。

【ナンバー】number

數，數字，號碼★ルーム・ナンバーは何番ですか／請問房號是幾號呢？

【算数】

算数，初等數學；計算數量★国語、算数、理科、社会、これに小学校高学年から英語が加わります／國語、數學、自然、社會，等到升上小學高年級之後還要加上英文。

【割合】

比例★うちの学校は伝統的に、男子生徒の割合が多い／我們學校傳統上一直是男學生比例較高。

【電卓】

電子計算機；「電子式卓上計算機」之略★明日の数学の試験は、電卓を使用しても構いません／明天的數學考試可以使用計算機。

【等】

等等；等級，計算階級或順位的單位★ガラスや陶器等、割れる物は箱の中に入れないでください／玻璃或陶瓷等易碎品請勿放入這個箱子。

【セット】set

一組，一套★コーヒーとケーキを一緒に頼むと、セット料金で 100 円安くなる／咖啡和蛋糕一起點的套餐價會便宜 100 圓。

【句】

一些單詞的組合；片語，短語；句，句子★慣用句を使おう／使用慣用片語吧。

【戦】

戰爭；決勝負，體育比賽★優勝決定戦は、3 対 3 の同点のまま、PK 戦となった／總決賽以 3 比 3 同分進入了延長賽。

【プラス】plus

加，加上★5 プラス 2 は 7 ／ 5 加 2 是 7。

【掛け算】

乘法★7 人の人に 5 個ずつ？それは掛け算を使う問題でしょ／總共 7 個人，每個人 5 個？這是使用乘法的問題吧。

【割り算】

除法★12 個のりんごを 4 人で分ける？それは割り算を使う問題だよ／ 12 個蘋果分給 4 個人？這是除法的問題啊。

【足し算】

加法★この足し算、間違ってるよ。小学校で習わなかったの／這題加法算錯了哦！讀小學時沒學過嗎？

【引き算】

減法★一万円から、使った分を引き算すれば、おつりがいくらか分かるよ／原本有一萬圓，扣除花掉的錢，就知道還剩多少錢了。

【合わせる】

加在一起★「あ行」の 5 文字を合わせると全部で 12 画だ／「あ行」這 5 個平假名的筆畫加起來總共是 12 畫。

【割る】

除★20 を 4 で割る／用 4 除 20。

【四捨五入】

四捨五入★236 を 10 の位で四捨五入すると 240 になります／ 236 四捨五入至十位數就是 240。

【数える】

計算，數★参加希望者の人数を数えて、

全員に招待状を用意します／計算有意
參加者的人數後，準備發邀請函給大家。

【計算】けいさん

計算，演算★お店をやるなら、ちゃんと
利益が出るように計算しないとね／如果
要開店，就必須要好好計算利潤才行呢。

【清算】せいさん

結算，清算；清理財產；結束，了結★10
年交際した人との関係を清算して、親の
薦める人と結婚した／我和交往10年的
男友結束了戀情，與父母介紹的另一位男
性結婚了。

● Track-027

かたい	堅硬、僵硬、堅決

【皿】さら

盤子；盤形物★皿の真ん中には、小さな
ケーキがひとつ乗っていた／盤子的正中
央盛著一個小蛋糕。

【ダイヤモンド】diamond

鑽石★ダイヤモンドには、青や赤など
色の付いたものもある／鑽石之中還包括
帶有藍色、紅色等顏色的種類。

【ダイヤ】diamond 之略

鑽石，「ダイヤモンド」之略稱★幸せそ
うな彼女の指にはダイヤの指輪が輝い
ていた／幸福洋溢的她手指上戴著閃閃發
亮的鑽石戒指。

【金】きん

黃金，金子★彼女は北京オリンピックで
金メダルを取った選手です／她是在北
京奧運摘下金牌的選手。

【鉄鋼】てっこう

鋼鐵★私たちの生活を支える車や交通
機関はどれも鉄鋼がなくては作れない／
舉凡有助於我們生活便利的汽車等交通工
具，如果缺少鋼鐵，什麼都做不出來了。

【氷】こおり

冰★今朝は寒いと思ったら、家の前の川
に氷が張っている／我正想著今天早上真
冷，就發現家門前的河川結冰了。

【骨】ほね

骨，骨頭；骨幹；臺柱；骨氣★スキーで
転んで、足の骨を折った／滑雪時摔倒，
導致腿骨骨折了。

【固い】かた

堅定，堅決；性格剛毅而不動搖★その目
にはかたい決意が浮かんでいる／那雙
眼睛含著堅決的眼神。

【堅い】かた

堅挺，穩健，堅實，靠得住；風險低的事
物★低資金で独立できる堅い商売は何
がありますか／有沒有哪種穩當的生意是
僅需少量資金即可獨立營運的呢？

【硬い】かた

拘謹，僵硬★酷く緊張しているのか、画
面の男の表情は硬かった／不知道是不
是因為非常緊張，畫面中的男子表情很僵
硬。

かたむく／傾く	傾斜

【坂】(さか)

斜面，坡道★坂の上まで登ると、晴れた日には遠くに富士山が見えますよ／只要在天氣晴朗的日子爬上山坡，就可以遠眺富士山哦！

【斜め】(ななめ)

斜，傾斜★この広場を斜めに横切るのが、駅への近道です／斜著穿越這座廣場是去車站的捷徑。

【倒す】(たおす)

倒，放倒，推倒★（飛行機で）「すみません、座席を倒してもいいですか。」「どうぞ。」／（在飛機上）「不好意思，請問我能放低椅背嗎？」「請便。」

かなしむ／悲しむ 悲傷

【涙】(なみだ)

同情★涙のある人／有同情心的人。

【涙】(なみだ)

涙，眼涙★このスープは涙が出るほど辛いけど、おいしくて止められないんだ／這碗湯雖然辣得我飆涙，但是太好吃了，讓人一口接一口停不下來。

【悲しみ】(かなしみ)

悲哀，悲傷；憂愁，悲愁，悲痛★子を失った母親の悲しみの深さは、私には想像できない／我無法想像失去孩子的母親有多麼悲痛。

【不幸】(ふこう)

不幸★自分は不幸だと思っていたが、みんな辛くても明るく頑張っているのだと知った／我一直認為自己很不幸，但之後我才知道即使大家生活辛苦，也仍然保持樂觀進取的態度。

【ぼろぼろ(な)】

撲簌撲簌，零散斷續貌★彼女に振られたときは、身も心もぼろぼろになったよ／被她甩了的時候，身心都嚴重受創了。

【もったいない】

可惜的，浪費的，糟蹋掉的★まだ食べられるのに捨てるなんて、もったいないなあ／都還沒吃就扔掉，真是太浪費了。

【悔しい】(くやしい)

令人懊悔的★私は一言も悪口を言っていないのに、誤解されて悔しい／我連一句他的壞話都沒講卻被誤會，好不甘心哦。

【後悔】(こうかい)

後悔，懊悔★あのとき素直に謝ればよかったと、ずっと後悔している／我心裡一直很後悔，要是那時坦率道歉就好了。

●Track-028

かまう／構う 顧及、照顧

【お構いなく】(おかまいなく)

不勞您費心★「お茶とコーヒーとどちらがよろしいですか。」「どうぞお構いなく。」／「請問您要用茶還是咖啡呢？」「不勞您費心。」

【主人】(しゅじん)

主人，接待客人的人★テーブルの対角(たいかく)を主人の席にする／桌子的對角為主人席位。

【世話(せわ)】

援助，幫助；照顧，照料★「絶対世話(ぜったいせわ)するから、犬飼(いぬか)ってもいいでしょ?」「だめよ。」／「可以養狗嗎?我一定會好好照顧牠的。」「不行。」

【構(かま)う】

照顧，照料；招待★おかまいもしませんで、失礼(しつれい)しました／招待不周，十分抱歉。

【構(かま)う】

管，顧；介意；理睬；干預★私(わたし)は言(い)いたいことを言(い)うよ。ネットで叩(たた)かれたって構(かま)うもんか／我愛說什麼就說什麼！就算會被網民砲轟我也不管啦!

【奢(おご)る】

請客，做東★「今日(きょう)、飲(の)みに行(い)かない?」「奢(おご)ってくれるなら行(い)こうかな。」／「今天要去喝一杯嗎?」「你請客的話我就去吧。」

からだ	身體

【爪先(つまさき)】

腳尖，腳指甲尖端★女(おんな)の子(こ)はつま先(さき)で立(た)つと、クルクルと回(まわ)って見(み)せた／女孩踮起腳尖後就開始不停轉圈，展現了曼妙的舞姿。

【手首(てくび)】

手腕★転(ころ)んで手(て)を着(つ)いた際(さい)に、手首(てくび)を怪我(けが)したようだ／摔倒的時候用手撐住，

好像傷到手腕了。

【肘(ひじ)】

肘，手肘★授業中(じゅぎょうちゅう)、彼女(かのじょ)は机(つくえ)に肘(ひじ)をついて、ぼんやり窓(まど)の外(そと)を見(み)ていた／上課時她用手肘撐在桌子上，心不在焉地看著窗外。

【手(しゅ)】

手★取引成立(とりひきせいりつ)を祝(しゅく)して握手(あくしゅ)を交(か)わす／雙方握手慶賀交易成立。

【首(くび)】

頸部★洗濯機(せんたくき)で洗(あら)ったら、セーターの首(くび)が伸(の)びてしまった／經過洗衣機清洗之後，毛衣的領口處變鬆了。

【肩(かた)】

肩，肩膀★肩(かた)の出(で)たワンピースがよく似(に)合(あ)って、眩(まぶ)しいくらいだ／露肩洋裝很適合妳，看起來光豔動人。

【臍(へそ)】

肚臍；物體中心突起部分★おへそを出(だ)して寝(ね)たら風邪(かぜ)をひくよ。ちゃんと布団(ふとん)を掛(か)けて／睡覺時露出肚臍會感冒哦。乖乖把被子蓋好!

【額(ひたい)】

前額，額頭；物體突出部分★女(おんな)の子(こ)は、額(ひたい)にかかる前髪(まえがみ)を右手(みぎて)で払(はら)うと、前(まえ)を向(む)いた／那個女孩子伸出右手撥開遮住額頭的瀏海，面向前方。

【おでこ】

額頭，額角，額骨★ハリー君(きみ)は子(こ)どものときからおでこに傷(きず)があります／哈利從小額頭上就有一道傷痕。

【顎】あご

下巴，下顎；釣魚鉤的倒鉤★その男は、全身黒い服で、頰から顎にかけて傷がありました／那個男人全身穿著黑衣，並且有一道從臉頰延伸到下顎的傷痕。

【胸】むね

胸，胸部，胸膛，胸脯★胸に手を当てて、自分のしたことをよく考えなさい／把手捂著心口，好好反省自己做過的事。

【腹】はら

腹，肚子★腹減ったなあ。なんか食うもんない？／肚子餓了耶。有什麼吃的嗎？

【腰】こし

腰；衣服、裙子等的腰身★男は腰につけた銃を抜いて、静かに銃口をこちらに向けた／男子拔出腰上的槍，默默地把槍口指向了這邊。

【頰】ほお

頰，臉蛋★ソファーで眠る男の子の頰には、涙の跡があった／睡在沙發上的男孩的臉頰上還掛著淚痕。

● Track-029

| かりる／借りる | 借、租借、受人幫助 |

【貸し】か

借出；貸與，出租；欠；借出的財物★私は彼に 300 円の貸しがある／我欠他 300 圓。

【貸し賃】かちん

租金，賃費★マンションを人に貸して、貸し賃で生活しています／我把公寓租給別人，靠著收租金過日子。

【借り】か

欠人情，應該報答的恩，應予報復的怨；必須還報對方的精神負擔★あの時助けてもらって、あなたには借りがあると思っています／那時候你幫助了我，我知道自己欠你一份人情。

【借り】か

借款，欠債，賒帳★銀行に 5 千万の借りがあった／我向銀行貸了 5000 萬。

【部屋代】へやだい

房租；旅館住宿費★友達と一緒に住んでいるが、部屋代は私が出している／雖然我和朋友一起住，但房租是我繳的。

【使用料】しようりょう

使用費★こちらのホールの使用料は、2 時間当たり 10 万円になります／這個宴會廳的使用費是 2 小時 10 萬圓。

【住居費】じゅうきょひ

住宅費，居住費，房租★住居費の一部は、会社が出してくれるので助かっている／公司會幫忙支付一部分房租，真是幫了大忙。

【家賃】やちん

房租★明日は 31 日だから、家賃を振り込まなければならない／明天就是 31 號了，得去匯房租才行。

【レンタル】rental

出租，出賃；租金★板や服は全部スキー場でレンタルすればいいよ／滑雪板和滑雪服等全部裝備都在滑雪區租用就好了啊。

かわる	互換、更換、代理

【換わる】

交換，更換，更替★おなかの大きな女性が乗って来たので、席を換わった／有位挺著大肚子的女士上了車，所以我換到別處坐。

【代わる】

代替，代理★私は彼に代わって返事する／我代替他回復訊息。

【替わる】

更換，交替，交換★社長が先月亡くなり、息子が替わって社長になった／社長上個月過世了，由他的兒子繼任了社長的職位。

かわる／変わる	變化、改變

【化】

變化，變遷★陰陽の化を観る／觀看陰陽之變化。

【変化】

變化，變更★企業も時代にあわせて、変化していかなければならない／企業也必須隨著時代的脈動而有所改變才行。

【変更】

變更，更改，改變★予定が変わったので、飛行機の時間も変更した／因為行程改了，所以也更改了飛機的時間。

【曲げる】

違心，改變，放棄★あの男は、誰がなんと言おうと、自分の意見を曲げない／不管誰說什麼，那個男人始終堅持己見。

【直す】

改正★自分の続かないくせを直したいです／想改正自己缺乏毅力的短處。

【変わる】

變，變化；改變，轉變★久しぶりに帰った故郷の町は、すっかり様子が変わっていた／好久沒回故鄉，鎮上的樣貌完全不一樣了。

【移る】

變心★彼氏からほかの男に心が移った／我的心思已經從男友轉到別的男人身上了。

【弱まる】

變弱，衰弱★台風が通り過ぎると、激しかった風は急に弱まった／颱風一過，激烈的風條地減弱了。

● Track-030

かんがえる／考える	思維、考慮

【自信】

自信，自信心★学生時代、水泳をやっていたので、体力には自信があります／我學生時代養成游泳的習慣，所以對自己的體力很有信心。

【民主】

民主，民主主義★少数の人の意見を大切

にするのは民主主義の基本だ／尊重少數
人的意見是民主主義的基礎。

【課題】

課題，任務★解決しなければならない
課題が多い／有很多尚待克服的課題。

【評論】

評論，批評；對事物的善惡、價值等加以
批評或議論，亦指對此加以記述的文章★
高校生に向けて、文学作品に関する評
論文を書いている／正在撰寫適合高中生
閱讀的文學書評。

【考え】

思想，想法；意見★「どうしよう、鍵が
壊れた。」「大丈夫、僕にいい考えがあ
るよ。」／「怎麼辦，鑰匙壞了。」「沒關係，
我有個好主意。」

【考え】

心思，意圖，意思★発売をやめる考え
はない／停售不在考量的選項內。

【腹】

内心，想法★ライバルの腹を探る／刺
探對手的想法。

【アイディア】idea

主意，想法，念頭；構思★来年の新製品
について、アイディアを募集していま
す／正在募集有關於明年新產品的創意發
想。

【計】

計畫，打算★1年の計は元旦にあり／
一年之計在於春。

【不思議】

難以想像，不可思議★お互い言葉が通じ
ないのに、ホセさんの言いたいことは不
思議と分かる／雖然我們彼此語言不通，
但不可思議的是，我竟能理解荷西先生想
表達的意思。

【不思議】

怪，奇，奇怪，奇異★私は昨日、不思議
な夢を見た／我昨天做了一個不可思議的
夢。

【素朴】

思慮單純，理論單純★数学には素朴な
考え方が威力を発揮する／思考數學時
單純的邏輯更具威力。

【臭い】

可疑的★証拠は無いが、彼女が臭い／
雖然沒有證據，但那個女的很可疑。

【浅い】

淺薄的，膚淺的★人の意見は聞かないか
ら、考えが浅くなる／不聽他人的意見，
才會思慮不周密。

【反省】

反省，自省（思想與行為）；重新考慮★
他人に迷惑をかけたら、素直に反省し
なさい／若是給別人添了麻煩，就得老實
反省！

【詰める】

深究，打破砂鍋問到底★人たちの考え
を詰めるデザイン／這項設計凝聚了眾人
的巧思。

【信じる・信ずる】

相信，確信，沒有懷疑★やることはやっ

た。あとは自分を信じて、全力を出す
だけだ／該做的都做了。接下來就是相信
自己，盡全力拼了。

| かんじる／ | 感想、感 |
| 感じる | 受 |

【ストレス】stress

壓力；精神緊張的狀態★仕事のストレス
で胃に穴が空いてしまった／由於工作
壓力導致胃穿孔了。

【疲れ】

疲勞，疲乏，疲倦★残業続きで疲れが
溜まったときは、これを一本飲んでくだ
さい／當連續加班而疲勞不堪的時候，請
服用這一瓶。

【印象】

印象；耳聞目睹之際，客觀事物在人的心
裡留下的感覺★最初はおとなしそうな印
象だったが、少し話すと全然違った／
他一開始給人老實敦厚的印象，但聊個幾
句以後就發現完全不是那麼回事。

【感】

感覺，感動；感觸★彼女は責任感が強
いので、リーダーにぴったりだ／她有很
強的責任感，很適合擔任隊長。

【感想】

感想★みんなが似たような感想を言う
中、彼女だけがこの映画をつまらない
と言った／在大家一言堂似的感想中，只
有她勇敢說了這部電影很無聊。

【臭い】

臭的，不好聞的★この料理は臭いといっ
て嫌う人もいますが、癖になる人も多い
んですよ／雖然有人嫌這道料理很臭，但
也有許多人吃上癮了。

【痒い】

癢的★ちょっとでも卵を食べると、体中
が痒くなるんです／只要一吃雞蛋，身體
就會發癢。

【苦手】

最怕，討厭；不擅長★「何か苦手なも
のはありますか。」「ニンジンがダメなん
です。」／「你有什麼不敢吃的食物嗎？」
「我不敢吃胡蘿蔔。」

【憎らしい】

可憎的，討厭的，令人憎恨的★息子はこ
の頃、うるさいとか邪魔だとか、憎らし
いことばかり言う／我兒子最近總是嫌我
煩、說我在干涉他，淨說些可惡的話。

【苦しい】

苦惱；煩悶；難過★苦しい思いが止まら
ない／苦惱永無止境。

【蒸し暑い】

悶熱的★東京の夏は蒸し暑くて、エアコ
ンがないと過ごせない／東京的夏天很悶
熱，沒有空調就活不下去。

【蒸す】

（天氣）悶熱★きょうはすごく蒸すねえ。
風がないなあ／今天真悶熱，連一絲風都
沒有。

【感心】

令人吃驚★君の無知には感心するよ／

你的無知真叫我服了！

【感謝】
感謝★毎日おいしいお弁当を作ってくれて、感謝してます／感謝你每天幫我做好吃的便當。

【感動】
感動，感激★美しい絵画には、時代を越えて人を感動させる力がある／美麗的畫作具有跨越時代感動人心的力量。

【刺す】
螫，蟲螫；（蚊子）咬，叮★蚊に足を刺された／被蚊子叮了腳。

【嗅ぐ】
聞，嗅；用鼻子感知氣味★警察犬はにおいを嗅いで、犯人を見つけることができる／警犬可以透過嗅聞氣味而找到嫌犯。

【伸びる】
（麵條等）失去彈性；（因疲乏等）倒下★早く食べないと、そばが伸びるよ／不趕快吃的話，蕎麥麵要泡爛了喔。

【減る】
餓★はらが減って眠れない／肚子餓得睡不著覺。

【掻く】
搔，撓；將指尖或細長物的尖端緊貼在物體的表面磨蹭★汚れた犬は、道に座ると後ろ足で首の辺りを掻き始めた／那隻髒狗一坐在路上，就開始用後腿在脖子周圍抓癢了。

【感じる・感ずる】
受到外在刺激而有感覺，感到，覺得★気

のせいか、最近彼女の態度が冷たく感じるんだが／不知道是不是錯覺，我覺得最近她的態度很冷淡。

【感じる・感ずる】
心中有某種情緒感觸★孤独の苦しみを感じる／感受到孤獨的痛苦。

【傷める・痛める】
使（精神、心靈）痛苦★現地の人々の悲惨な生活に心を痛めた／當地民眾的悲慘生活令人心痛。

【飽きる】
夠，滿足，饜足，膩煩，厭煩，厭倦★部長の若い頃の苦労話は、毎日のように聞かされてもう飽きたよ／每天都聽經理說年輕時的甘苦談，已經聽膩了。

●Track-032

きそう／競う	競爭、競賽

【対】
（比賽）比，對上★ 32 対 28 で、台湾ビールチームの勝利です／ 32 比 28，台啤隊獲得勝利。

【オリンピック】Olympics
奧林匹克運動會，奧運★オリンピックは、スポーツを通して世界平和を願うお祭りです／奧林匹克運動會是藉由運動以促進世界和平的盛會。

【セット】set
（網球等）盤，局★我慢のテニスで最終セットに及んだ試合で勝利を収めた／網球選手以防守戰術在最後一局獲得了勝

利。

【ゲーム】game
競技，比賽★昨日のゲームはどうでしたか／昨天的比賽打得如何？

【点】
分，分數★点が入る／得分。

【点数】
分數，得分；在考試、比賽等中得的分數★試験の点数が 30 点以下の生徒は、再試験になります／考試分數低於 30 分的同學必須補考。

【チーム】team
體育相關的隊伍，球隊★野球チームを組む／自組一支棒球隊。

【スポーツ中継】sportちゅうけい
（體育、競賽的）直播，轉播★夜は家で野球やサッカーなどのスポーツ中継を見ます／晚上常在家裡看棒球和足球等運動的電視轉播。

【勝】
勝利，勝★あのチームとは 3 勝 3 敗だ。明日の決勝は絶対に勝つぞ／我們和那支球隊的比分是 3 勝 3 敗。明天的決賽一定要取得勝利！

【勝ち】
勝，贏★相手に勝ちを譲ることで、本当の勝利を得ることもある／有時候讓對方贏才是真正的勝利。

【負け】
輸，失敗；減價；（商店送給客戶的）贈品★ここは怒った方が負けだよ。まず

冷静になろう／被激怒的話就輸了，總之先冷靜下來！

【破る】
打敗★A 国は戦うごとに敵を破った／當年的 A 國堪稱百戰百勝。

【倒す】
打敗，擊敗；推翻，打倒★ついに敵を倒した／終於擊敗了敵人。

【分ける】
調停，仲裁，排解★勝負を分ける／（不分勝負時）停止比賽。

【挑戦】
挑戰★試合には負けたが、世界王者に挑戦した勇気は素晴らしい／雖然你輸了比賽，但能有勇氣挑戰世界冠軍，真是太令人佩服了。

| きめる／決める | 斷定、決定、規定、選定 |

【思い切り】
狠下心，狠狠地，猛烈地；儘量地，盡情地，痛快地，徹底地★嫌なことは、おいしいものを思い切り食べて忘れちゃいます／痛快的大吃一頓，就能把討厭的事情全部忘記了。

【決まり】
規定，決定，道理，規律，規範，規則；確定下來的事情★朝ご飯は家族全員で食べるのが、我が家の決まりなんです／全家人一起吃早餐是我們的家規。

【ルール】rule

規，規則；（成文的）章，章程★ゲームは一日１時間まで、というのが我が家のルールだ／一天最多只能玩１小時的電玩遊戲，這是我們家的規定。

【選挙】

選舉，推選★大学の文化祭の実行委員は、学生による選挙で選ばれる／大學校慶的執行委員是透過學生選舉所選出來的。

【契約】

契約，合約★小学校の事務員として採用されたが、半年契約なので不安だ／雖然獲得錄取國小的職員，但因為合約只有半年，還是感到不安。

【定期】

定期，一定的期限★来月、会社の定期健康診断がありますので、必ず受けてください／下個月公司要進行定期健康檢查，請務必參加。

【纏める】

談妥；完結★親が勝手に縁談をまとめてしまった／父母自做主張地為我安排了親事。

● Track-033

| きる／切る | 切、斷絕關係、撤下 |

【鋏】

剪刀；剪票鉗★封筒の端をはさみで切って、中のカードを取り出した／我用剪刀把信封的邊緣剪開，取出了裡面的卡片。

【包丁】

菜刀；廚師；烹調手藝★料理なんかしないから、うちには包丁もまな板もないよ／因為根本不做飯，所以家裡既沒有菜刀也沒有砧板哦。

【鋸】

鋸子★洗濯物に日が当たらないので、庭の木をのこぎりで切った／因為洗好的衣服照不到太陽，所以我把院子裡的樹鋸斷。

【美容師】

美容師★美容師さんに髪を切ってもらって、町に出かけたくなった／我請美容師幫我剪短頭髮後，便想去鎮上晃晃。

【切れる】

斷，斷開；中斷，間斷，出現縫隙★バンジージャンプの縄が切れた／空中彈跳的繩子斷了。

【切れる】

能切，銳利，鋒利，快（刀）★よく切れる刀であれば切れるでしょう／換一把鋒利的刀子想必就切得斷了。

【下ろす】

切開（魚）★自分で魚を下ろす／自己將魚切片。

【降ろす】

撤下★奔放な発言を繰り返す彼女は番組から降ろされた／製作單位已讓數度口不擇言的她退出節目了。

| きる／着る | 穿戴 |

【オーバーコート】overcoat

大衣・外衣・外套★今日は冷えるな。服装はオーバーコートにマフラー、手袋も必要だ／今天好冷哦。衣服不但要穿上大衣和圍巾，還得戴上手套。

【制服】

制服★中学は決まった制服がありましたが、高校は私服でした／中學時要穿規定的制服，但上高中後就穿便服了。

【レインコート】raincoat

雨衣★雨の中、レインコートを着て歩くのが好きです／我喜歡穿雨衣在雨中行走。

【ティーシャツ】Tshirt

圓領衫，T恤★うちは堅い会社じゃないから、夏はティーシャツでOKだよ／我們不是規定死板的公司，夏天穿T恤上班就可以囉。

【ブラウス】blouse

（多半為女性穿的）罩衫，襯衫★母の日に、花柄のブラウスをプレゼントしました／母親節時送了媽媽印花罩衫。

【ジャケット】jacket

外套，短上衣★彼女は店に入ると、ジャケットを脱いで椅子の背に掛けた／她一進入店裡，就脫下夾克掛在椅背上。

【襟】

衣服的領子★襟や袖口の汚れは、この石鹸で簡単に落とせます／衣領和袖口的汙漬可以用這塊肥皂輕鬆洗淨。

【袖】

衣袖★振袖とは、若い女性が着る、袖の長い着物のことです／「振袖」是指年輕女性穿的長袖和服。

【裾】

下襬，下襟★新しく買ったズボンの裾を、5センチ切ってもらった／（裁縫師）幫我把新買的褲子的褲腳改短了5公分。

【着替え】

換衣服★着替えが終わったら、荷物はロッカーに入れてください／換好衣服後，請把您隨身攜帶的物品放入置物櫃裡。

【着替え】

替換用的衣服★入院している父から「着替えを持って来てほしい」と頼まれた／住院中的父親交代我：「把換洗衣物帶過來」。

【着替える】

換衣服★いつまでも寝てないで、早く着替えて学校に行きなさい／不要一直睡，趕快換衣服上學了！

● Track-034

きれい	漂亮、乾淨

【美人】

美人，美女★君のお母さんは美人だなあ。君が羨ましいよ／你的媽媽真是個美人啊。我好羨慕你哦。

【洗濯機】

洗衣機★洗濯機で洗えるスーツが、サラリーマンに人気です／可以用洗衣機清洗的西裝廣受上班族的喜愛。

【洗剤】
せんざい

洗滌劑，洗衣粉，洗衣精★間違えて、食器用の洗剤で髪を洗ってしまった／我誤拿洗碗精洗了頭。

【清潔】
せいけつ

乾淨的，清潔的；廉潔；純潔★贅沢な部屋は不要です。ただ清潔なベッドが欲しいだけなんです／我不需要豪華的房間，只想要一張乾淨的床而已。

くぎる／ 区切る	劃分

【和】
わ

日本★ホテルのお部屋は、和室と洋室、どちらがよろしいですか／旅館的房間有日式和洋式，請問您要選哪一種？

【編】
へん

篇；本（論文等的量詞）★詩を一編書きました／寫了一首詩。

【部】
ぶ

局部，部分★その部品を大至急出荷してください／那種零件請盡快出貨。

【範囲】
はんい

範圍，界線★明日の試験範囲は、24ページから32ページまでです／明天考試的範圍從第24頁到第32頁。

【畑】
はたけ

專業的領域★これは文学畑の人が手がけた一冊である／這本書是由文壇人士策劃製作的。

【地方】
ちほう

地方，地區；相對首都與大城市而言的地方，外地★九州地方に大型の台風が近づいているそうだ／據說有大型颱風正在接近九州地區。

【国】
こく

國家；國際★外国のお客様をお迎えするときは、相手国の国旗を飾って歓迎します／迎接外國貴賓的時候，會插上該國國旗以歡迎蒞臨。

【地区】
ちく

地區★この地区は、動物や植物を守るために保護されている／這個地區為了保育動植物而被劃為保護區。

【領】
りょう

領地，領土★カリブ海には、イギリス領、オランダ領など欧米の海外領土がたくさんある／加勒比海域有很多地區是英國、荷蘭等歐美國家的海外領土。

【県庁】
けんちょう

縣政府★パスポートを申請するために、県庁へ行った／為了申請護照而去了縣政府。

【町】
ちょう

（市街區劃單位）街，巷；鎮，街★住所は、東京都中野区中野町2丁目4番12号です／我的地址是東京都中野區中野町2丁目4番12號。

【民間】
みんかん

非政府機構的，民營，私營★子ども祭りは、市と民間団体とが協力して行っています／兒童節慶祝活動將由市政府和民

間團體聯合舉辦。

【国籍】
こくせき

國籍★日本に 10 年住んでいましたが、国籍はブラジルなんです/雖然我在日本住了 10 年，但我的國籍是巴西。

【州】
しゅう

大陸，州★両親はアメリカのカリフォルニア州に住んでいます/我的父母住在美國加州。

【期間】
き かん

期間，期限內★試験期間中は、生徒の教職員室への入室は禁止です/考試期間，學生禁止進入教職員辦公室。

【期】
き

時期；時機★期末試験を頑張ったから、今学期は成績が上がるはずだ/因為認真準備了期末考試，這學期的成績應該會進步吧。

【日】
か

號；計算日期的單位★来月三日から八日までフランスに出張します/我下個月的 3 號到 8 號要去法國出差。

【週】
しゅう

周，星期，禮拜★会社は週休二日だが、週末に仕事を持って帰ることも多い/公司雖然是週休二日，但週末把工作帶回家做也是常有的事。

【世紀】
せいき

世紀，百代；時代，年代★ドラえもんは 22 世紀からやって来たロボットです/哆啦A夢是來自 22 世紀的機器貓。

【正午】
しょうご

正午★広場の方から、正午を知らせる大時計の鐘の音が聞こえてきた/這裡可以聽見從廣場那邊傳來了大時鐘正午報時的鐘聲。

【曜日】
ようび

星期★勤務は週三日ですね。希望する曜日を言ってください/每週工作 3 天，請告知你想排星期幾的班。

【週末】
しゅうまつ

週末★週末は妻と近所のダンス教室に通っています/週末和妻子一起去附近的舞蹈教室上課。

【平日】
へいじつ

(星期日、節假日以外)平日；平常，平時★平日は 21 時まで、土日は 23 時まで営業しております/本店平日營業到 21 點，週末營業到 23 點。

● Track-035

くらべる／比べる　比較

【割合】
わりあい

比較起來★割合のいい仕事/比較好的工作。

【割り・割】
わり わり

比例★タクシーの運転手と新聞配達ではどちらが割りのいい仕事ですか/開計程車和送報，哪種比較有賺頭呢？

【例】
れい

例，例子，事例★君のレポートは、具体

的な例を挙げて説明すると分かり易く
なるよ／你的報告如果能舉個具體的例子
說明，就能更容易理解了。

【例外】
例外★仕事のできる人ほど、例外なく、
話が短いという／據說，工作能力越強的
人說話越簡短，沒有例外。

【まし（な）】
比…好些，勝過；比…像樣★そこ、うる
さい！授業中騒ぐなら、寝る方がまし
だ／那邊的同學，你們太吵了！如果要在
課堂上吵鬧，倒不如統統睡覺！

【合わせる】
對照，核對，比較★問題文を答えと合
わせる／核對各題解答。

くる／来る	到來

【お邪魔します】
打擾了★「お邪魔します。」「狭い所で
すが、どうぞお上がりください。」／「打
擾了。」「請進。地方簡陋，請多包涵。」

【訪問】
訪問，拜訪★お年寄りのお宅を訪問し
て、買い物などのお手伝いをする仕事
です／我的工作是去老年人家裡訪視，以
及幫忙購物等等。

【現れる】
來，到；到達某處★彼は就職の面接に
10分以上遅れて現れた／他工作面試遲
到了十幾分鐘才姍姍來遲。

くれる／暮れる	來了，天黑

【暮れ】
歲末；日暮，傍晚★年の暮れのお忙し
いときにお邪魔して、申し訳ありません
／在年底最忙碌的時候打擾您，真是非常
抱歉。

【夜】
夜，夜晚★道路工事は夜中じゅう続けら
れ、終わったときには夜が明けていた
／道路修繕工程持續進行一整晚，等到完
工時天都已經亮了。

【夜間】
夜間，夜晚★この門は 22 時に閉めます。
夜間の外出は裏門を使用してください
／這道門 22 點後就會關閉。夜間外出時
請走後門。

【真夜中】
三更半夜，深夜★真夜中になると現れ
る不思議なドアのお話です／這是一個
到了午夜，就會出現一扇門的離奇故事。

【深夜】
深夜★駅の周りには、深夜でも営業し
ている店がたくさんある／車站周邊有很
多店家即使到了深夜仍在營業。

【更ける】
（秋）深；（夜）闌★夜が更けて、遠くに
犬の吠える声だけが響いている／夜深
了，只剩下遠處狗兒的吠叫聲仍在迴盪。

くわわる／加わる｜加入、参加

【参加】
参加，加入★参加費を払ったら、こちらの参加者名簿にチェックをお願いします／繳交報名費之後，請在這裡的參與者名單上確認您的大名。

【味方】
同夥，夥伴，朋友★織田信長が味方に裏切られた理由は何でしょう／織田信長為何會被同伴背叛呢？

【団体】
團體，集體★卓球には、個人戦の他に、チームで5試合を戦う団体戦がある／在桌球中，除了個人賽，還有以團隊為單位進行5場比賽的團體戰。

【パートナー】partner
對手；搭檔★ダンスパーティーの日までに、パートナーを探さなくちゃ／在舉行舞會那天之前，得找到舞伴才行。

【出場】
出場，參加★試合に出場する選手の名前が会場にアナウンスされた／會場上廣播了即將出賽的選手姓名。

【割り込む】
硬加入，插隊★僕たちの話に割り込むな／我們談話時，不要從旁插嘴。

【申し込む】
預約（參加）★旅行会社のホームページから、四泊五日の台湾観光旅行に申し込んだ／我在旅行社的網頁上預約了5天4夜的臺灣觀光旅遊。

【押さえる】
堵住，捂住；用手等向口鼻、瓶口等施加壓力★その男に口を強く押さえられて、気を失ってしまったんです／我被那名男子強行按住口鼻，失去了意識。

●Track-036

こそあど｜哪個、哪裡、哪樣

【どんなに】
無論如何也…；怎樣，多麼…，如何★どんなに離れていても、私の心は君のそばにいるよ／不管我們距離多遠，我的心都在你身邊哦。

【何か】
什麼，某種，某些★講義は以上です。何か質問がある人は、手を挙げてください／這堂課就上到這裡。有問題的同學請舉手。

【どうしても】
務必，一定，無論如何也要★あなたがどうしてもと言うなら、チケットを譲ってもいいですよ／如果你很堅持的話，我也可以把票讓給你。

【どこか】
哪裡，什麼地方，某處；有的地方★どこでもいい、日常を忘れて、どこか遠くの国へ行きたい／去哪裡都好，我想去很遠的國家，忘記平常的生活。

こだわる 　講究、執著

【家{か}】

…家；愛…的人；很有…的人，有某種強烈特質的人★彼{かれ}はだれにも負{ま}けない勉強{べんきょう}家{か}だ／他勤奮學習的態度不亞於任何人。

【努力{どりょく}】

努力★トップ選手{せんしゅ}と言{い}われる人{ひと}は皆{みな}、努力{どりょく}をする才能{さいのう}がある／被稱作王牌選手的人，各個都堅持貫徹永不放棄的精神。

【夢中{むちゅう}】

不顧一切，熱中，沉醉，著迷★夢中{むちゅう}で仕事{しごと}をして 30 年{ねん}、気{き}がついたら社長{しゃちょう}でした／全心投入工作 30 年，一晃眼已經當上社長了。

【しつこい】

執拗，糾纏不休的；執著於一件事而不放棄★車{くるま}を一台{いちだい}買{か}って下{くだ}さいよとそのセールスマンは私{わたし}にしつこく言{い}った／那位銷售員一直糾纏著我說請買一台車吧！

【工夫{くふう}】

設法，想辦法★資料{しりょう}は、写真{しゃしん}やグラフを多{おお}く入{い}れて、見{み}易{やす}いよう工夫{くふう}した／在檔裡插入了許多照片和圖表，設法使其易於閱讀。

【熱中{ねっちゅう}】

熱中，專心；酷愛，著迷於★教授{きょうじゅ}は研究{けん}究{きゅう}に熱中{ねっちゅう}し過{す}ぎて、ご飯{はん}も忘{わす}れてしまうんです／教授埋頭於研究，連飯都忘了吃。

【徹底{てってい}】

徹底；傳遍，普遍，落實★オフィスの節{せつ}電{でん}を徹底{てってい}した結果{けっか}、電気代{でんきだい}が 2 割{わり}減{へ}った／在辦公室徹底執行節約用電後，省了兩成的電費。

ことなる／異なる 　不一樣

【それぞれ】

每個人，分別，各自★たとえ夫婦{ふうふ}喧嘩{げんか}でも、夫{おっと}、妻{つま}、それぞれの主張{しゅちょう}を聞{き}かなければ真実{しんじつ}は分{わ}からない／即使是夫妻吵架，如果沒有聽丈夫和妻子雙方各自的說法，就無法知道事情的真相。

【別々{べつべつ}】

各自，分別★ごちそうさまでした。お会{かい}計{けい}は別々{べつべつ}にお願{ねが}いします／我們吃飽了，請分開結帳。

【別{べつ}】

分別，區分★もうおなかいっぱい。でも、デザートは別{べつ}です／已經很飽了。不過，裝甜點的是另一個胃！

【異常気象{いじょうきしょう}】

氣候異常★地球温暖化{ちきゅうおんだんか}のためか。世界{せかい}各地{かくち}で異常気象{いじょうきしょう}が続{つづ}いている／不知道是不是地球暖化的緣故，世界各地的氣候異常狀況仍然持續惡化。

【違{ちが}い】

不同，差別，區別；差錯，錯誤★A案{あん}とB案{あん}の違{ちが}いを、分{わ}かり易{やす}く説明{せつめい}してください／請以簡單易懂的方式說明A方案和B方案的差別。

【バラエティー】variety

変化，多様化★メニューがバラエティー
に富んでいる／餐點種類繁多。

【個人】

個人★うるさいな。いつ何を食べよう
と、個人の自由だろ／你好囉嗦啊！什麼
時候要吃什麼是我個人的自由吧！

【様々】

種種，各式各樣的，形形色色的★この男
の過去については、さまざまな噂が流
れている／關於這名男子的過去，有著各
式各樣的流言。

【変わる】

不同，與眾不同；奇怪，出奇★性格が変
わっている／性情古怪（與眾不同）。

【擦れ違う】

不一致，不吻合，互相分歧★意見が擦
れ違って話がまとまらなかった／意見
相左，無法達成共識。

●Track-037

こまる／ 困る	苦惱、為難

【迷惑】

麻煩；煩擾；為難；打擾★ご迷惑でなけ
れば、一緒に写真を撮って頂けません
か／方便的話，一起拍張照好嗎？

【面倒】

麻煩，費事；繁瑣，棘手；照顧，照料★
父は人に頼むのが面倒だと言って、何
でも自分でやってしまう／爸爸說拜託別

人很麻煩，所以什麼事都自己做。

【不自由】

（手腳等）不聽使喚；不自由，不如意，
不充裕★耳や目の不自由な方にも楽し
んで頂ける舞台を目指しています／我
的目標是打造一座讓視障者和聽障者也能
盡情享受的舞臺。

【苦しい】

痛苦，身體不舒服，疼痛★あれ、太った
かな。このズボン、きつくてちょっと苦
しいな／咦，又胖了嗎？這件褲子穿起來
變緊了，有點難受耶。

【悩む】

煩惱，苦惱，憂愁；感到痛苦★進路のこ
とで悩んでいるのですが、相談に乗って
頂けますか／我正為未來的出路而煩惱，
能和您商量一下嗎？

【詰まる】

困窘，窘迫★金に詰まると人間が変わっ
てしまう／當一個人生活拮据時會迷失本
性。

【迷う】

迷，迷失；困惑；迷戀；（佛）執迷；（毛線、
線繩等）絮亂，錯亂★カレーにしようか、
ハンバーグにしようか、迷うなぁ／該吃
咖哩呢，還是漢堡呢？真難抉擇啊！

こむ／込む	擁擠

【ラッシュ】rush

擁擠★日本のラッシュの電車に乗って
みたい？やめた方がいいよ／想體驗看

看日本上下班尖峰時段的電車？我勸你還是不要吧！

【ラッシュアワー】rushhour

尖峰時刻，擁擠時段★ラッシュアワーを避けて、早めに出勤しています／避開上下班尖峰時段，提早去上班了。

【渋滞】

停滞不前，遲滯，阻塞★道が渋滞していて、海に着いたときには、もう昼を過ぎていた／因為路上塞車，所以到達海邊已經是中午過後了。

【込む・混む】

擁擠，混雜★週末は混んでいるから、映画館へは平日の夜に行くことにしている／因為週末人潮擁擠，我決定平日晚上去電影院。

こわす／壊す　破壊

【割る】

分，切，割，劈，打破；施力把物品分開★突然、外から石が飛んできて、部屋の窓ガラスが割れた／有粒石子突然從外面飛了進來，把房間的窗戶玻璃砸碎了。

【破る】

損壞，打破，破壞★強盗が鮮やかな手口で金庫を破った／強盗用巧妙的手法破壞了金庫。

【破る】

撕，撕破，弄破★障子紙を貼って、また破ることが繰り返しになります／彷彿才剛糊上新門紙，轉眼便是撕下重糊的時節，日子就這樣一年又過一年。

【破れる】

滅亡★ダンサーの夢が破れた／成為一名舞者的夢想破滅了。

【破れる】

打破，破裂★水道管が破れて水が噴き出している／水管破裂，不停地噴出水來。

【破れる】

撕，撕破，破損★紙袋の底が破れていて、大事な手帳を落としてしまった／紙袋的底部破裂，掉了重要的筆記本。

【傷める・痛める】

使（肉體）疼痛；損傷★引っ越しのアルバイトをしていて、腰を痛めてしまった／在搬家公司打工時傷到了腰部。

【ダウン】down

倒下，擊倒★風邪気味でも休まずに頑張っていたが、熱が出て、とうとうダウンした／即使有點感冒症狀還是沒休息拚命工作，直到發燒之後終於撐不住倒下了。

【倒産】

破產，倒閉★先月やっと再就職できた会社が、倒産しそうだ／上個月好不容易才二度就業，可是聽說這家公司快要倒閉了。

【潰す】

毀壞身體的機能★昨日カラオケで歌い過ぎて、声を潰してしまった／昨天在卡拉OK唱過頭，聲音都啞了。

【潰す】

弄碎；研碎；搗碎；壓碎；碾碎；踩碎；弄壞★じゃがいもを潰してコロッケを作る／把馬鈴薯壓碎後做成可樂餅。

【解く】
廢棄，解除★いったん契約をしたら、どんなことがあっても解くことはできない／一旦簽約，在任何情況下都無法解約了。

●Track-038

さからう／逆らう	反、違背、抗拒

【反対】
反，倒，顛倒★5本指ソックスの靴下を反対に履くことができない／五指襪不能左右腳交換穿。

【反対】
反對★親に反対されたくらいで、夢を諦めるのか／只因為父母反對，你就要放棄夢想嗎？

【外れる】
不合；違反★彼女の振る舞いは礼儀作法から外れている／她的言行舉止不合禮儀。

【破る】
違犯，失約，爽約★私との約束を破っておいて、よくまたここへ来られたね／你打破了和我的約定，竟然還敢來到這裡！

【断る】
謝絕，拒絕★頼まれた仕事は決して断りません。何事も勉強ですから／我絕對不會拒絕別人委託我的工作。因為任何工作都是學習。

【蹴る】
拒絕，駁回★相手の離婚要求を蹴る／拒絕對方提出離婚的要求。

さきんじる／先んじる	先、領先

【お先に】
我先走一步了★木村さん、今日は残業なの？悪いけど、私はお先に／木村先生，今天要加班嗎？不好意思，我先走一步了。

【前もって】
預先，事先★ご来社の際は、前もって総務部までご連絡ください／蒞臨本公司之前，敬請事先通知總務部。

【前】
前，以前；上一個★営業部に来た新人は、前会長のお孫さんらしい／剛進業務部的那個新人，好像是前任會長的孫子哦！

【端】
頭，端；（細長物的）頂端★棒の端／棍子頭。

【トップ】top
最前頭，首位★彼はその大学をトップで卒業した／他以第一名的成績從那所大學畢業了。

【事前】
事前★手術をするためには、事前にいくつかの検査が必要です／因為要動手術，所以必須預先進行幾項檢查。

【断る】（ことわる）

預先通知，事前請示★行けないようであれば、あらかじめ電話などで断っておいた方がいいと思います／如果不能去的話，預先打個電話通知一下比較恰當。

さがる／下がる	下降、往下移動

【下り】（くだり）

由中心往郊外；東京往各地的列車★正月休みに帰省する車で、下り車線が渋滞している／新年假期開車回老家的路上，被塞在南下的車道上龜速前進。

【下がる】（さがる）

後退；下降★頑張ったのに成績が下がった。一体どうすればいいんだ／明明很用功成績卻退步了，到底該怎麼辦才好呢？

【下る】（くだる）

下去，下降，往下★夜の山は危険だから、明るいうちに下った方がいいですよ／因為入夜後山裡面很危險，最好趁天還亮著的時候下山。

さげる／下げる	降下、使下車（船）

【冷ます】（さます）

（使熱情、興趣降低）潑冷水；掃興★君も少し熱を冷ましたほうがいい／你也最好再冷靜一點。

【冷める】（さめる）

（熱情、興趣等）降低，減退★愛が冷めたら、恋は終わりですか／愛情淡薄了戀情終將結束嗎？

【下げる】（さげる）

降低，降下；放低★ちょっと暑いなあ。エアコンの温度を下げてくれる？／有點熱耶。可以把冷氣的溫度調低嗎？

【下ろす】（おろす）

（從高處）放下；弄下；取下，拿下；降下，落下★ここに腰を下ろす／在這裡坐下。

【降ろす】（おろす）

使下車、船★電話ボックス前でタクシーが客を降ろした／計程車司機在電話亭前面讓乘客下了車。

● Track-039

さま	様子、情況

【状】（じょう）

情形，情況，狀況★状を変える／改變情況。

【色】（しょく）

色彩，樣子★地方色豊かなベトナム料理／富於地方色彩的越南料理。

【振り】（ぶり）

樣子，狀態★彼がこの計画に真剣なのは、仕事振りを見れば分かる／看他工作的樣子就知道他對這個計畫很用心。

【様】（よう）

樣子，方式，方法，法子★犬のジョンが死んだときの母さんの悲しみ様は、見

ていられなかった／狗狗約翰死時母親悲慟的樣子，令人目不忍睹。

【調子】
ちょうし

(事物進行的) 狀況，樣子，過程★物事が調子よくいく／事情進展順利。
ものごと

【状態】
じょうたい

狀態，情況★食品などを冷やした状態で運んでくれる宅配便があります／有一種快遞可以在冷凍狀態下運送食品。
しょくひん

【縦長】
たてなが

矩形，長形，竪向★縦長の封筒に合わせて、宛先も縦書きで印刷します／為配合直式信封，收件人的姓名地址也採用直式寫法印刷。
あてさき

【丸】
まる

圓形★丸テーブルが人気です／圓桌的銷量很好。
にんき

【幅】
はば

寬度，幅面★大雨の後で、川の幅がいつもの倍くらいに広がっている／大雨過後，河流的寬度比平時寬了一倍。
おおあめ

さりげない	無意、若無其事、不露聲色

【何時の間にか】
いつ ま

不知不覺地，不知什麼時候★山で写真を撮っていたら、いつの間にか道に迷ってしまった／在山上只顧著拍照，不知不覺就迷路了。
やま しゃしん

【そっと】

悄悄地，安靜的；輕輕的★彼女は、さよならと言って、そっと部屋を出て行った／她說了再見後，便悄悄地走出了房間。
かのじょ

【そっと】

偷偷地，暗中★帰りの際そっとのぞいた教室には、子どもたちの笑い声があふれていました／離開前向那間教室投去臨別一瞥，那裡曾經充滿著孩子們的笑聲。
かえ さい
きょうしつ わら ごえ

【何か】
なに

不知為什麼總覺得★彼の死去が未だに信じられず、なにか寂しい気分だ／我至今依然無法相信他已不在人世，總覺得有點冷清。
かれ しきょ いま
しん さび きぶん

【つい】

不知不覺 (地)，無意中；不由得，不禁★今朝からケンカしてたのに、顔を見たら、つい笑っちゃった／我們明明今天早上就開始吵架，結果一看到對方的臉，就忍不住笑了出來。
けさ かお
わら

したがう／従う	服從、跟隨、效仿

【賛成】
さんせい

賛成，同意★それでは、この提案に賛成の方は手を挙げてください／那麼，賛成這個方案的同仁請舉手。
ていあん さんせい
かた あ

【ボランティア】 volunteer

志願者，志工★外国人観光客の案内をするボランティアをしています／我目前擔任外國遊客的導覽志工。
がいこくじんかんこうきゃく あんない

【決まり】
き

常例，慣例；老方法，老樣子★会社の帰りに一杯やるのが父の決まりだ／下班途中喝一杯是爸爸的老規矩。

【例】（れい）
常例，慣例，定例；先例，前例★彼は毎日散歩するのが例になっている／每天散步已經變成了他的習慣。

【風俗】（ふうぞく）
風俗；服裝，打扮；社會道德★東北地方の風俗を紹介する本を出版したい／我想出版一本介紹東北地方風俗文化的書。

【条件】（じょうけん）
條件；條文，條款★では、夏休み明けにレポートを出すことを条件に、単位をあげましょう／那麼，就以暑假結束後交出報告作為交換條件，先給你們學分吧！

【真似る】（まねる）
模效，仿效★女の子は、母親のしゃべり方をまねてみせて、みんなを笑わせた／那位女孩模仿了母親說話的樣子，逗得大家哈哈大笑。

【守る】（まもる）
遵守；恪守★この村の伝統を守ることが、21世紀に生きる私たちの務めだ／守護這個村子的傳統，是生在21世紀的我們的責任。

● Track-040

しぬ／死ぬ	死亡

【死亡】（しぼう）
死亡★救急車で病院に運ばれた人の死亡が確認された／由救護車送到醫院的患者已經證實死亡了。

【不幸】（ふこう）
喪事★身内に不幸があった／親戚家裡有了喪事。

【死後】（しご）
死後；後事★男性が発見されたとき、死後一週間くらい経っていたそうだ／這名男性被發現的時候，已經是死後一週左右了。

【亡くなる】（なくなる）
去世，死亡★両親は亡くなりましたが、兄弟仲良く暮らしています／雖然父母親去世了，但是我們兄弟姐妹仍和睦地生活在一起。

【眠る】（ねむる）
死，安息★このお墓の下に眠っているお方はどなた様でしょう／請問在這座墳裡長眠的是哪位故人呢？

【片付ける】（かたづける）
除掉，消滅；殺死★あの男を片付ける／把那個男的幹掉。

【殺す】（ころす）
殺死，致死★彼女は、虫も殺せない心の優しい女性ですよ／她就連蟲子也不願意殺，是一名心地善良的女性呢。

【倒す】（たおす）
殺死，打死★敵の大将を倒す／打倒敵將。

【潰す】（つぶす）
宰殺，宰★おばあさんは庭で鶏を潰している／奶奶正在院子裡宰雞。

しめす／示す　出示、指示

【ディスプレー】display
顯示裝置★ディスプレーを取りつける／安裝螢幕。

【標本】(ひょうほん)
標本；(統計)樣本；典型★夏休みの宿題で、虫の標本を作りました／我做了一個昆蟲標本作為暑假作業。

【サンプル】sample
樣品，樣本★環境調査のため、日本中の土をサンプルとして集めています／為了進行環境調查，我們蒐集日本的土壤作為樣本。

【題】(だい)
題目，問題★聴解問題を10題出す／出10道聽力題。

【タイトル】title
文章的題目，著述的標題★気になる曲を歌うと、その曲のタイトルを教えてくれるサービスがある／我們有一項服務是，只要唱出您想詢問的曲子就能告知曲名。

【題名】(だいめい)
(圖書、詩文、戲劇、電影等的)標題，題名★題名を見てコメディーかと思ったら、ホラー映画だった／單看片名還以為是喜劇，沒想到竟然是恐怖電影。

【標語】(ひょうご)
標語★工場の壁には事故防止のための標語が貼られている／為了避免事故發生，工廠的牆壁上張貼著警語。

【旗】(はた)
旗，旗幟；(佛)裝飾於寺廟的幡布★台湾のお客様がいらっしゃるので、テーブルに台湾の旗を飾った／因為有來自臺灣的貴賓，所以在桌上裝飾著臺灣的國旗。

【博物館】(はくぶつかん)
博物館，博物院★閉館後の夜の博物館では、人形たちがパーティーをしているんだよ／入夜後，娃娃們會在閉館後的博物館裡開派對唷。

【指す】(さす)
用手、箭頭等指出★下線部分の「これ」の指すものは何か。文中のことばを書きなさい／劃底線的「これ」是指什麼？請寫出文章中提到的相對詞語。

しめる／閉める　關閉

【ぴったり】
急速停止狀；完全停止狀★タバコをぴったりとやめた／徹底戒菸了。

【缶詰】(かんづめ)
關起來，隔離起來★原稿執筆のためにホテルに缶詰になる／在旅館裡閉關，專心寫稿！

【ブラインド】blind
百葉窗，窗簾，遮光物★もう朝か。ブラインドが閉まっていて、気がつかなかった／已經天亮了哦。百葉窗關著，所以沒察覺。

【蓋】（ふた）

蓋子★水筒に熱いお茶を入れて、蓋を
しっかり閉めた／把熱茶倒進水壺裡，然
後牢牢鎖緊了蓋子。

【栓】（せん）

閥門；安裝在煤氣管等出口處，調節或阻
止流動的裝置；栓，塞子（塞住瓶子等的
口部）★水道の栓を閉め忘れてしまい、
水を出しっぱなしにしてしまいました／
忘了關水龍頭，水就這麼流了好久。

【ファスナー】fastener

（提包、皮包與衣服上的）拉鍊★パスポート
トは、スーツケースの、ファスナーのつ
いたポケットの中です／護照在旅行箱中
那個有拉鍊的口袋裡。

【ロック】lock

鎖，鎖上，閉鎖★パソコンもスマホも
ロックされていて、開けられません／電
腦和智慧型手機都被鎖住了，解不開。

【閉じる】（とじる）

閉，關閉；蓋；密合★胸に手を当てて、
目を閉じて、よく考えなさい／把手放在
胸前，閉上眼睛，好好想想。

【掛ける】（かける）

關上★鍵をかける／上鎖。

● Track-041

しらせる／知らせる	通知、報告

【合図】（あいず）

信號，暗號★笛の音を合図に、全員が

ゴールに向かって走り出した／大家以
笛音為信號，全都朝向終點跑了過去。

【アナウンス】announce

廣播，報告，通知★事故のため発車時
刻が遅れると電車内にアナウンスが流
れた／電車内播放了廣播：「由於發生事
故，電車將延後發車」。

【アナウンサー】announcer

廣播員；節目主持人，電臺主播，播報員
★日本チームの優勝を伝えるアナウン
サーの声は明るかった／播報員報導日本
隊勝利時的聲音十分宏亮。

【宣伝】（せんでん）

宣傳，廣告；吹噓，鼓吹，誇大其詞★宣
伝にお金をかけたが、あまり効果がな
かった／雖然花了錢宣傳，卻沒什麼效果。

【広告】（こうこく）

廣告；打廣告，廣告宣傳★企業イメージ
を上げるために広告を出す会社も多い
／也有不少公司為提升企業形象而推出廣
告。

【知らせ】（しらせ）

通知；預兆，前兆★いい知らせと悪い知
らせがあるけど、どっちから聞きたい？
／有好消息和壞消息，你要先聽哪個？

【情報】（じょうほう）

情報，信息★お客様の個人情報になり
ますので、お教えしかねます／這是顧客
的個人資料，恕我無法告知。

【信号】（しんごう）

信號，燈號；鐵路、道路等的號誌；暗號

★信号が青になっても、きちんと左右を確認してから渡るように／就算交通號誌變為綠燈，也要好好確認左右來車再穿越馬路。

【届ける】

報，報告；登記★子どもの出生を届ける／給新生嬰兒報戶口。

【伝える】

流傳後世★名勝負を後世に伝えていきたい／這場精采的世紀對決務必永世流傳。

【報告】

報告，匯報，告知★調査結果は、どんな小さなことでも報告してください／調査結果不管是多麼細微的線索，也請務必進行匯報。

【載せる】

記載，載入；登載，刊登★事実かどうか確認できていない記事を、新聞に載せるわけにはいかない／尚未確認事實與否的報導，還不能在報上刊載。

しらべる／調べる	調査、査驗

【調査】

調査★消費税に関する国民の意識調査をしています／針對國民對消費稅的認知程度展開了調査。

【アンケート】(法) enquête

通訊調査；徵詢意見★大学生 5000 人を対象に、就職についてアンケート調査を実施した／以 5000 名大學生為對象，進行了關於就業的意見調查。

【チェック】check

確認，檢查★出席者の名簿に間違いがないか、もう一度チェックしてください／請再檢查一次出席者名單有無錯誤。

【検査】

検査，検験★一週間ほど入院して、詳しく検査することをお勧めします／建議您住院一星期左右進行詳細的檢查。

【診る】

診察★具合が悪いなら我慢せずに、早めに診てもらったほうがいいよ／不舒服的話最好不要忍耐，早點去看醫師比較好喔。

しる／知る	知曉、認識、習得

【秘密】

秘密；機密★あの子は、絶対秘密ね、と言いながら、みんなにしゃべっている／那孩子一邊說著「這是秘密，絕對不要告訴別人」，一邊又到處跟大家說。

【化学】

化學★化学の実験は、結果が出るまで何度でも繰り返し行います／化學實驗在得到結果之前，必須重覆進行好幾次。

【理科】

理科（自然科學的學科總稱）★理科系に進むつもりだが、生物にも物理にも興味があって決められない／我打算進理學院，但我對生物和物理都很有興趣，無法決定要進哪一系。

【物理】（ぶつり）

事物的道理；物理（學）★大学では物理を専攻して、宇宙の謎を研究したい／我在大學主修物理學，希望研究宇宙的奧秘。

【国語】（こくご）

一國的語言；本國語言；學校等的國語課，語文課★本を読むのは好きなのに、国語の試験は全然できない／我很喜歡看書，但是國語考試卻完全不行。

【語学】（ごがく）

外語的學習，外語，外語課★語学は暗記ではない。その国の文化を学ぶことです／學語言靠的不是背誦，而是學習該國的文化。

【家庭科】（かていか）

家政課★学校の家庭科の授業で、ハンバーグとスープを作った／在學校家政課的課堂上做了漢堡並煲了湯。

【公民】（こうみん）

公民學科★中学の公民の授業で、政治や経済の基礎を学びました／在中學的公民課程裡學到了政治和經濟的基礎。

【知識】（ちしき）

知識★君には大学で勉強した知識があるが、私には 30 年の経験があるよ／雖然你具有在大學學到的知識，但我擁有 30 年的經驗哦。

【課題】（かだい）

學校等提出的題目、主題★課題の提出期限さえ守れば、単位はもらえるそうだ／據說只要準時繳交報告，就可以得到學分了。

【化学反応】（かがくはんのう）

化學反應★全く違うタイプの俳優二人が、舞台上で不思議な化学反応を起こした／兩個完全不同類型的演員，在舞臺上產生了不可思議的化學反應（在舞臺上擦出了不可思議的火花）。

【知り合い】（しりあい）

認識的人；點頭之交★田中さんは恋人じゃありません。友達でもない、ただの知り合いです／我和田中小姐既不是情侶，也不算是朋友，只是彼此認識而已。

【通】（つう）

內行，精通，在行，行家，專家★彼はなかなかのワイン通で、味ばかりでなくワインの歴史にも詳しい／他是一名紅酒專家，不僅精通品酒，對紅酒的歷史也非常瞭解。

【詳しい】（くわしい）

精通，熟悉★政治に詳しい／精通政治。

【マスター】master

精通★フランス語の文法はマスターしたが、発音が難しい／我雖然精通法文的文法，但發音對我來說非常困難。

【散らす】（ちらす）

散佈，散播，傳播；使廣為人知，宣揚★彼らは根も葉もないうわさを散らした／他們到處散播無憑無據的謠言。

【通じる・通ずる】（つうじる・つうずる）

領會；瞭解，理解；懂得★猫と気持ちが通じた／我和貓心意相通了。

【隠す】（かくす）

掩蓋，掩飾，遮蓋★仕事のミスを隠した／隱匿了工作失誤。

【隠す】

藏，隱藏；躲藏★ビデオに映っていた男は、帽子で顔を隠していた／影片中拍到的男子用帽子遮住了臉。

| しるす | 標記 |

【印】

記号，標記★なくならないように、傘に赤いテープで印をつけた／為了避免遺失，我在雨傘上貼了紅色膠帶做為記號。

【符号】

符號★前年より増えた場合はプラス、減った場合はマイナスの符号をつけます／如果數目比去年多就寫加號，若是減少就寫減號。

【ブランド】brand

(商品的)牌子；商標★イタリアに行くなら、お土産にブランドのお財布が欲しいなあ／如果你要去義大利，旅遊禮物我想要名牌的錢包喔。

【ナンバー】number

牌照，號碼牌★走り去る車のナンバーを、慌てて覚えてメモしました／我慌慌張張地記下了逃逸的車牌號碼。

【ラベル】label

標籤，標章★ワインの瓶のきれいなラベルを集めています／我在收集葡萄酒瓶上的精緻貼紙。

【名刺】

名片★会社に入って、まず名刺の渡し方から教わった／進入公司後，首先從遞名片的方式開始學習。

| しるす／記す | 紀錄 |

【副】

副本，抄件，副件★正副２通の書類を提出します／提出正副一式兩份的文件。

【録画】

錄影★帰りが遅くなる日は、ドラマの録画を予約しておきます／會晚回家的時候，事先用了電視的預約錄影功能，把電視劇錄下來。

【ブログ】blog

部落格★ブログを始めました。皆さん、読んでください／我開始寫部落格了，請大家要看哦！

【記事】

報導，記事★その日の事件をすぐに記事にして、ネットに上げています／那天的事件馬上就被寫成新聞傳到網路上。

【ドキュメンタリー】documentary

紀錄，紀實；紀錄片★これは、一人の男が宇宙飛行士になって月へ行くまでを記録したドキュメンタリー映画だ／這是一部講述一個男人從當上太空人到登陸月球的整個過程的紀錄片。

【レシート】receipt

收據；發票★返品する場合は、必ずこのレシートを持って来てください／如果要辦理退貨，請務必帶這張收據過來。

【帳】ちょう

帳本★銀行に行って、通帳記入をして来てください／請先去銀行補登存摺之後再過來。

【手帳】てちょう

筆記本，雜記本★社長の予定は一年先まで全て、私の手帳に記入してあります／社長未來一年的行程安排全都記在我的筆記本上。

【記者】きしゃ

新聞記者，編輯★首相は記者たちの質問に答えると、すぐにその場を立ち去った／首相回答了記者群的問題後，馬上離開了現場。

【メモリー・メモリ】memory

回憶，記憶★いいメモリーになる／這將成為美好的回憶。

【録音】ろくおん

録音★あとで原稿にするので、会議の発言は全て録音しています／因為之後要做成稿子，所以會議上的發言全都錄音了。

【記録】きろく

記錄，記載★会議における各人の発言は全て記録してあります／會議上每個人的發言都留有紀錄。

【付ける・附ける・着ける】つける

寫上，標記上，標注上★正しいものに○を、間違っているものに×を付けなさい／請在正確的選項上打○、錯的選項上打×。

しわける／仕分ける	區分

【種類】しゅるい

種類★桜の木にもこんなに種類があるとは知らなかった／我不知道竟然有這麼多品種的櫻花樹！

【タイプ】type

型，形式，類型★こちらのジャケットは、ボタンが２つのタイプと３つのタイプがございます／這裡的夾克有兩顆鈕扣的款式和三顆鈕扣的款式。

【科】か

專業，科系；學術、教育領域的分類★英米文学科を卒業して、今は通訳の仕事をしています／從英美語文學系畢業後，現在正從事翻譯工作。

しんじる／信じる	信賴、信仰

【宗教】しゅうきょう

宗教★宗教とは、今この世に生きている人を救うために存在する／所謂宗教，就是為了拯救目前活在世上的人們而存在的。

【教】きょう

宗教★大陸から日本に仏教が伝わったのは６世紀のことです／佛教是在西元6

世紀時從大陸傳到了日本。

【山】<ruby>山<rt>さん</rt></ruby>

寺院；寺院的山號★<ruby>高野山<rt>こうやさん</rt></ruby>の<ruby>紅葉<rt>こうよう</rt></ruby>／高野山的楓紅。（日本和歌山縣的高野山為金剛峯寺的山號。）

【行】<ruby>行<rt>ぎょう</rt></ruby>

（佛）修行★この<ruby>滝<rt>たき</rt></ruby>で<ruby>水行<rt>みずぎょう</rt></ruby>を<ruby>積<rt>つ</rt></ruby>む／在這座瀑布底下接受潔齋修行。

【信じる・信ずる】<ruby>信<rt>しん</rt></ruby>じる・<ruby>信<rt>しん</rt></ruby>ずる

信賴（人、對方），信用★<ruby>相手<rt>あいて</rt></ruby>を<ruby>信<rt>しん</rt></ruby>じて<ruby>素直<rt>すなお</rt></ruby>に<ruby>話<rt>はな</rt></ruby>す／信賴對方老老實實說出來。

すえる／据える	安放、設置

【CD ドライブ】CD drive

CD 機，光碟機★このパソコンには CD ドライブがありませんので、<ruby>別売<rt>べつう</rt></ruby>りの<ruby>物<rt>もの</rt></ruby>を<ruby>購入<rt>こうにゅう</rt></ruby>してください／由於這台電腦沒有光碟機，所以請另外加購光碟機。

【DVD ドライブ】DVD drive

電腦用 DVD 機，電腦用光碟機★<ruby>薄型<rt>うすがた</rt></ruby>のパソコンで、DVD ドライブの<ruby>付<rt>つ</rt></ruby>いたものを<ruby>探<rt>さが</rt></ruby>しています／我在找附有 DVD 播放機的輕薄型電腦。

【ハードディスク】hard disk

（電腦）硬碟★<ruby>写真<rt>しゃしん</rt></ruby>や<ruby>動画<rt>どうが</rt></ruby>をコンピューターのハードディスクに<ruby>保存<rt>ほぞん</rt></ruby>します／將照片和影片存在電腦的硬碟裡。

【メモリー・メモリ】memory

（電腦）記憶體★ノートパソコンのメモリーがいっぱいになってしまった／筆記型電腦的記憶體已經滿了。

【DVD デッキ】DVD tape deck

DVD 播放機★DVD デッキが<ruby>古<rt>ふる</rt></ruby>いせいか、<ruby>映画<rt>えいが</rt></ruby>の<ruby>途中<rt>とちゅう</rt></ruby>で<ruby>時々<rt>ときどき</rt></ruby><ruby>変<rt>へん</rt></ruby>な<ruby>音<rt>おと</rt></ruby>がする／因為 DVD 播放機很舊了，電影播到一半時經常會出現雜音。

【セット】set

設定；調成，組裝，裝配★<ruby>目覚<rt>めざ</rt></ruby>まし<ruby>時計<rt>どけい</rt></ruby>のアラームにセットする／設定鬧鐘鈴響的時間。

【付ける・附ける・着ける】<ruby>付<rt>つ</rt></ruby>ける・<ruby>附<rt>つ</rt></ruby>ける・<ruby>着<rt>つ</rt></ruby>ける

安上，安裝上；連接上；掛上；插上；縫上★<ruby>壁<rt>かべ</rt></ruby>に<ruby>棚<rt>たな</rt></ruby>を<ruby>付<rt>つ</rt></ruby>ける／牆壁釘上擱板。

●Track-044

すぎる／過ぎる	過去、過度

【しばらく】

好久；暫時★ただいま<ruby>窓口<rt>まどぐち</rt></ruby>が<ruby>大変混雑<rt>たいへんこんざつ</rt></ruby>しています。こちらでしばらくお<ruby>待<rt>ま</rt></ruby>ちください／現在櫃檯窗口擠了很多人。請您在這邊稍等一下。

【振り】<ruby>振<rt>ぶ</rt></ruby>り

相隔★「お<ruby>久<rt>ひさ</rt></ruby>しぶりです。」「そうだね、<ruby>半年<rt>はんとし</rt></ruby>ぶりくらいかな。」／「好久不見。」「對啊，差不多有半年沒見了吧！」

【乗り越し】<ruby>乗<rt>の</rt></ruby>り<ruby>越<rt>こ</rt></ruby>し

（車）坐過站★<ruby>新宿<rt>しんじゅく</rt></ruby>までは<ruby>定期<rt>ていき</rt></ruby>があるから、その<ruby>先<rt>さき</rt></ruby>の<ruby>乗<rt>の</rt></ruby>り<ruby>越<rt>こ</rt></ruby>し<ruby>料金<rt>りょうきん</rt></ruby>を<ruby>払<rt>はら</rt></ruby>えば<ruby>済<rt>す</rt></ruby>む／因為我有到新宿的月票，所以只要付後續路段的車費就可以了。

【学歴】がくれき

學歷★彼には学歴はないが、それ以上の才能とやる気がある／他雖然沒有學歷，但有超越學歷的才能和幹勁。

【シーズン】season

旺季★シーズン・セールが始まりました／時令商品大拍賣開始了。

【シーズン】season

季節★ここは春の桜が有名ですが、紅葉シーズンも見事です／雖然這裡春天的櫻花很出名，但紅楓的季節也是一大看點。

【現代】げんだい

現代，當代；日本史上的「現代」則是指二次世界大戰後★夜眠れないという症状は、現代病のひとつと言われている／夜間失眠這種症狀被認為是一種現代文明病。

【昨】さく

昨天★飲み過ぎたせいで、昨夜の記憶がほとんどない／因為喝多了，幾乎記不起昨晚的事情了。

【昨】さく

前一年，前一季；以前，過去★相手は昨シーズンのチャンピオンチームです／對手是上一季的冠軍隊伍。

【昨日】さくじつ

昨日，昨天★昨日からの大雪で、高速道路が一時通行止めとなっている／由於大雪從昨天持續到今天，因此高速公路暫時停止通行。

【一昨日】いっさくじつ

【前天】わたし　いっさくじつ　でんわ　さ　あ

前天★私、一昨日お電話を差し上げました木村と申します／我是曾在前天致電的木村。

【昨年】さくねん

去年★彼女は昨年ヨーロッパ旅行をしました／她去年到過歐洲旅行。

【一昨年】いっさくねん

前年★一昨年の夏は雨続きで、深刻な米不足となった／前年夏天的持續降雨，造成了稻米嚴重歉收。

【遅れ】おく

晚，遲★踏切で事故があり、電車に1時間の遅れが出ています／平交道上發生了事故，因此電車延誤了一個小時。

【遅刻】ちこく

遲到，晚到★駅から全力で走ったが、結局遅刻して試験を受けられなかった／雖然一出車站就全力狂奔，結果還是遲到了，沒能趕上考試。

【通る】とお

（人、車等）通過，走過★会社の帰り道に、必ず交番の前を通る／下班回家的路上一定會經過派出所。

【過ぎる】す

超過，過於；經過★あれ、もう12時を過ぎてるね。お昼に行こう／咦，已經過12點了。去吃午餐吧！

【越える・超える】こ

越過；度過；超出，超過★あの山を越えたところに、私の育った村があります／越過那座山之後，就是我生長的那座村

莊了。

【追い越す】
<ruby>追<rt>お</rt></ruby>い<ruby>越<rt>こ</rt></ruby>す

趕過，超過，趕超；從後面追上並超越前面的人★<ruby>弟<rt>おうと</rt></ruby>は<ruby>小<rt>ちい</rt></ruby>さい<ruby>頃<rt>ころ</rt></ruby>から<ruby>背<rt>せ</rt></ruby>が<ruby>高<rt>たか</rt></ruby>くて、<ruby>僕<rt>ぼく</rt></ruby>は 10 <ruby>歳<rt>さい</rt></ruby>で<ruby>追<rt>お</rt></ruby>い<ruby>越<rt>こ</rt></ruby>されました／弟弟從小就長得高，我 10 歲的時候，他的身高已經超過我了。

【通り越す】
<ruby>通<rt>とお</rt></ruby>り<ruby>越<rt>こ</rt></ruby>す

通過，越過★<ruby>駅<rt>えき</rt></ruby>を<ruby>出<rt>で</rt></ruby>て<ruby>左<rt>ひだり</rt></ruby>、<ruby>電気屋<rt>でんきや</rt></ruby>の<ruby>前<rt>まえ</rt></ruby>を<ruby>通<rt>とお</rt></ruby>り<ruby>越<rt>こ</rt></ruby>して、<ruby>交差点<rt>こうさてん</rt></ruby>を<ruby>右<rt>みぎ</rt></ruby>に<ruby>曲<rt>ま</rt></ruby>がってください／出車站後請向左走，穿越電器行前的大馬路，然後在十字路口處右轉。

【オーバー】overcoat

超過，越過★<ruby>定員<rt>ていいん</rt></ruby>をオーバーする／超過規定人數。

【流れる】
<ruby>流<rt>なが</rt></ruby>れる

流逝★<ruby>時<rt>とき</rt></ruby>が<ruby>流<rt>なが</rt></ruby>れるにつれて、さまざまなものが<ruby>変<rt>か</rt></ruby>わっていく／隨著時光的流逝，種種事物也起了變化。

【経つ】
<ruby>経<rt>た</rt></ruby>つ

時間經過；炭火等燒盡★<ruby>何年<rt>なんねん</rt></ruby><ruby>経<rt>た</rt></ruby>っても、<ruby>助<rt>たす</rt></ruby>けて<ruby>頂<rt>いた</rt></ruby>いたご<ruby>恩<rt>おん</rt></ruby>は<ruby>決<rt>けっ</rt></ruby>して<ruby>忘<rt>わす</rt></ruby>れません／不管過了多少年，我從未忘記您當時鼎力相助的大恩大德。

【経る】
<ruby>経<rt>へ</rt></ruby>る

（時間、空間、事物）經過，通過★20 <ruby>年<rt>ねん</rt></ruby>の<ruby>時<rt>とき</rt></ruby>を<ruby>経<rt>へ</rt></ruby>て、その<ruby>寺<rt>てら</rt></ruby>は<ruby>今<rt>いま</rt></ruby>も<ruby>村民<rt>そんみん</rt></ruby>の<ruby>心<rt>こころ</rt></ruby>の<ruby>支<rt>ささ</rt></ruby>えだ／經過 20 年的時間，那座寺廟至今仍是村民的心靈支柱。

【移る】
<ruby>移<rt>うつ</rt></ruby>る

時光流逝★<ruby>季節<rt>きせつ</rt></ruby>は<ruby>夏<rt>なつ</rt></ruby>から<ruby>秋<rt>あき</rt></ruby>に<ruby>移<rt>うつ</rt></ruby>り、<ruby>公園<rt>こうえん</rt></ruby>の<ruby>木々<rt>きぎ</rt></ruby>も<ruby>色<rt>いろ</rt></ruby>づき<ruby>始<rt>はじ</rt></ruby>めた／從夏季邁入秋季，公園裡的樹木也紛紛轉紅了。

【抜く】
<ruby>抜<rt>ぬ</rt></ruby>く

超過★スタートで<ruby>遅<rt>おく</rt></ruby>れたが、その<ruby>後<rt>あと</rt></ruby> 4 <ruby>人<rt>にん</rt></ruby>を<ruby>抜<rt>ぬ</rt></ruby>いて、1 <ruby>位<rt>い</rt></ruby>でゴールした／雖然在起跑時慢了，但後來追過 4 個人，摘下了第 1 名的金牌。

● Track-045

すくない	少、不多

【あっという間(に)】
【あっという<ruby>間<rt>ま</rt></ruby>(に)】

一眨眼的功夫，一下子★<ruby>電子<rt>でんし</rt></ruby>レンジで 5 <ruby>分<rt>ふん</rt></ruby>、あっという<ruby>間<rt>ま</rt></ruby>に<ruby>晩<rt>ばん</rt></ruby>ごはんの<ruby>出来上<rt>できあ</rt></ruby>がり／用電子微波爐微波 5 分鐘，一眨眼的工夫晚飯就做好了。

【少なくとも】
<ruby>少<rt>すく</rt></ruby>なくとも

至少，最低，最低限度★<ruby>高速道路<rt>こうそくどうろ</rt></ruby>で<ruby>事故<rt>じこ</rt></ruby>があり、<ruby>少<rt>すく</rt></ruby>なくとも 4 <ruby>人<rt>にん</rt></ruby>が<ruby>怪我<rt>けが</rt></ruby>をしたそうだ／據說高速公路上發生了事故，至少有 4 個人受了傷。

【ほんの】

不過，僅僅，一點點★「お<ruby>土産<rt>みやげ</rt></ruby>、どうもありがとう。」「いいえ、ほんの<ruby>気持<rt>きも</rt></ruby>ちです。」／「謝謝你的伴手禮。」「不會，只是一點心意。」

【やや】

稍微，略；片刻，一會兒★<ruby>明日<rt>あした</rt></ruby>は<ruby>今日<rt>きょう</rt></ruby>よりもやや<ruby>暖<rt>あたた</rt></ruby>かい<ruby>一日<rt>いちにち</rt></ruby>となるでしょう／明天會是比今天稍微溫暖一點的一天吧！

【唯・只】
【<ruby>唯<rt>ただ</rt></ruby>・<ruby>只<rt>ただ</rt></ruby>】

只，僅★ただ<ruby>一人<rt>ひとり</rt></ruby>でやれるわけではない／僅靠一個人的力量是無法完成的。

【僅か】

（数量、程度、價値、時間等）僅，少，一點點★モーツァルトが初めて曲を作ったのは、わずか４歳のときだった／莫札特首次創作歌曲時年僅４歲。

【僅か】

微小，稍微★僅かな差で彼が勝負を手にしました／他以些微的差距贏得了勝利。

【低】

低下，低靡★この国の経済は低成長期に入り、競争力の低下が問題となっている／這個國家已進入經濟成長緩慢階段，競爭力的下滑成為一大問題。

【短】

（時間或距離）短，不長★夏休みだけの、短期間のアルバイトを探しています／我正在找暑假期間內的短期打工。

【底】

（經濟、景氣的）最低處，最低限度★お金が底をついてしまった／口袋裡的錢已見底了。

【ダウン】down

落下，降落，下降★企業経営の基本はコストダウンにある／企業經營的基礎管理在於降低成本。

【ライト】light

輕的★ライトヘビー級の体重が79.3キロ以下となっている／輕重量級選手的體重不得超過79.3公斤。

【浅い】

（事物的程度、度數等）小的，低的，微少的★浅い眠りから深い眠りに入る／從淺睡期進入到深睡期。

すぐれる	優秀、出色

【プロ】professional 之略

職業選手，專家★僕はプロの作家です。書店の店員は生活のためのアルバイトです／我是專業作家，為了餬口才兼職書店店員。

【ベテラン】veteran

老手，内行★君、もう８年もこの仕事やってるの？すっかりベテランだね／你這份工作已經做了８年了嗎？已經是個老手了啊。

【人気】

人望，人緣，聲望；受歡迎，博得好評；吃香，吃得開★彼は海外では人気がありますが、日本ではあまり知られていません／他在國外很受歡迎，但在日本卻沒什麼名氣。

【名】

知名★この映画は名作だよ。使われている音楽も名曲だ／這部電影可是名作哦。使用的配樂也是知名的樂曲。

【優秀】

優秀★君は優秀だから奨学金がたくさんもらえて、羨ましいよ／你很優秀，所以能領到高額的獎學金，好羨慕你喔。

【得意】

擅長★「得意な科目は、体育と音楽です。」「つまり勉強はあまり得意じゃな

いのね。」／「我擅長的科目是體育和音樂。」「也就是說，你不太擅長學習囉。」

【うまい】
巧妙，高明，好★二人とも歌がうまいので、私は鳥肌が立つくらいでした／兩人同樣唱功高明，聽得我都起雞皮疙瘩了。

【凄い】
了不起的，好得很的★鬼滅の刃って凄い人気だね／鬼滅之刃真是超級火紅耶。

【特】
特，特別，與眾不同★景色がよく見える特等席へどうぞ。あなただけ、特別ですよ／請您坐在風景一覽無遺的特等席。這是專為您保留的哦。

【追い越す】
趕超，超越，超過；劣勢者勝過優勢者★アメリカの水準を追い越す／超過美國的水準。

【代表】
指一部分或一個事物表示整體的性質、特徵、狀態等，也指該事物或該部分★昭和を代表する作家／具有代表性的昭和時期作家。

【できる】
出色，有修養，有才能，成績好★算数はよくできるが、国語がなかなか…／算數我很拿手，國語可就不太行了…。

【感心】
令人欽佩，贊佩，佩服★あの子は小さい弟や妹の面倒をよく見ていて、本当に感心するよ／那個孩子經常照顧年幼的弟弟妹妹，真是值得誇獎。

すごい	猛烈、了不起、厲害

【乱暴】
粗暴★グラスをそんなに乱暴に扱わないで。ほら、欠けちゃった／不要這麼粗暴的拿玻璃杯。你看，這裡有缺口了。

【激しい】
激烈，強烈，猛烈，劇烈★昨日の夜中、突然の激しい痛みで、目が覚めました／昨天夜裡，我被突然襲來的劇烈疼痛給痛醒了。

【激しい】
容易衝動的★その激しい気性とは裏腹に、彼らは仲間をとても大切にする／他們看似性格激烈，其實非常重視夥伴。

【スマート】smart
智慧型的★スマートフォンでダウンロードする／透過智慧型手機下載。

【凄い】
非常的，厲害的★すごい雪だ。これでは夕方には電車が止まるだろう／好大的雪啊。照這樣看來，電車傍晚會停駛吧。

【激しい】
很甚，厲害★夏は激しい暑さになる／進入夏天將會酷熱難耐。

すすむ／進む	進步、前進

【進歩】

進步，逐漸好轉★20 世紀における医学の進歩は、多くの人々に希望を与えた／20 世紀醫學的進步給許多人帶來了希望。

【進学】

升學；進修學問★東京の大学に進学が決まって、17 歳で家を出ました／我考上東京的大學後，於 17 歲離開了家鄉。

【進学率】

升學率★わが校は、大学進学率 100 パーセントです／本校的大學升學率是百分之百。

【進む】

進步，先進★進んだ技術で世界に貢献します／以先進的技術貢獻世界。

【進む】

順利開展★今日も順調に工事が進んでいるようです／今天工程似乎也是順利進展著。

【進む】

進，前進★辛くても、前を向いて一歩一歩進んで行けば、必ず未来は開ける／就算再怎麼辛苦，只要一步一步向前邁進，未來的大門一定會你敞開。

【進める】

使前進★息子が遅刻がちなので、家中の時計を 30 分進めておいた／因為我兒子經常遲到，所以把家裡的時鐘調快了 30 分鐘。

【発達】

進步★イギリスで製鉄業が発達していた／英國的鋼鐵工業曾經盛極一時。

【移す】

度，度過★500 年の時を移した／度過了 500 年的時間。

すべて	全部

【各】

各自，每個★番組では各方面の専門家たちによる議論が続いた／各個領域的幾位專家在電視節目中繼續進行討論。

【総】

總，全體；全部★GDP 即ち国民総生産が上がっても、景気がよくなるとは限らない／即使 GDP，也就是國內生產毛額成長，也未必代表經濟好轉。

【全】

全部，完全；整個；完整無缺★彼は全科目の成績が A なのに、なぜか女の子から全然人気がない／明明他所有科目的成績都是 A，不知道為什麼竟然沒有女孩子喜歡他。

【そっくり】

全部，完全，原封不動★名品をそっくり写した／把名著完全抄下來。

すべる／滑る	滑動、滑行

【マウス】mouse

滑鼠；老鼠★パソコンを買い替えたので、マウスも新しくした／因為買了新電

腦，所以滑鼠也換了個新的。

【スキー】ski

滑雪；滑雪橇，滑雪板★冬のオリンピックでは、スキーやスケートの競技が楽しみだ／真期待冬季奧運的滑雪和溜冰比賽！

【スライド】slide

滑動★矢印方向にスライドする／往箭頭方向滑動。

● Track-047

する	做

【実行】

實行，落實，施行★あの男は計画を立てただけだ。実行犯は別にいる／那名男子只負責擬訂計畫而已。實際犯下罪行的另有其人。

【方法】

方法，辦法★代表者を決めるに当たっては、全員が納得できる方法を考えよう／在決定代表的時候，要考慮全體人員都能接受的選拔辦法。

【手段】

手段，方法，辦法★こうなったら最終手段だ。値段を半額にして売るしかない／這樣的話，我也不得不使出最終手段，只好半價出售了。

【会】

（為某目的而集結眾人的）會；會議；集會★会を開く／開會。

【不注意（な）】

不注意，疏忽，大意★運転中は、不注意な行動が大きな事故に繋がるので、気をつけよう／駕駛時，一個不小心都可能釀成重大事故，請留意喔。

【ミス】miss

失敗，錯誤，差錯★うまくいったことより、まずミスしたことを報告しなさい／比起進展順利的事，首先應該要報告出錯的事情。

する／刷る	印刷

【刊】

刊，出版★今日発売の週刊誌を買って、好きな芸能人の記事を探した／我買了今天發售的週刊雜誌，尋找我喜歡的藝人的報導。

【プリンター】printer

印表機，影印機；印相片機★パソコンで作った資料をプリンターに送信します／把在電腦上做的資料傳送到印表機。

【号】

雜誌刊物等的期號；學者等的別名★6月号の月刊誌を集めている／我正在蒐集那本6月號的月刊。

【紙】

報紙的簡稱★部屋が汚れないよう、鳥かごの下に新聞紙を敷いている／為了不弄髒房間，我在鳥籠底下鋪上報紙。

【タイプ】type

打字★この手紙を3部タイプする／把這封信打印3份。

| すわる／座る | 坐、跪坐 |

【おかけください】
請坐★「おじゃまします。」「どうぞ、そちらのいすにおかけください。」／「打擾了。」「請進，這邊請坐。」

【尻】
屁股，臀部★それで隠れてるつもり？おしりが見えてますよ／你那樣就算躲好了嗎？已經看到你的屁股了哦。

【膝】
膝，膝蓋；跪坐時是指大腿上側★制服のスカートは、膝が隠れるくらいの長さです／制服裙子的長度大約是膝蓋以下。

【ソファー】sofa
沙發★テレビを見ていて、そのままソファーで朝まで寝てしまった／看著電視，不知不覺就這樣在沙發上睡到了早上。

【ベンチ】bench
長凳★そのおじいさんは、毎日同じベンチに座っています／那個老爺爺每天都坐在同一張長椅上。

【席】
席，坐墊；席位，坐位★映画館の席は、どこかではなく前にどんな人が座るかが重要だ／關於電影院的座位，重要的不是坐在哪個位置，而是前面坐著什麼樣的人。

| そだつ／育つ | 發育、生長、生在 |

【成長】
（經濟、生產）成長，增長，發展；（人、動物）生長，發育★日本には、七五三という子どもの成長を祝う伝統行事がある／在日本，有所謂「七五三」的慶祝孩子成長的傳統活動。

【成人】
成年人；成長，長大成人★世界的にみると、成人年齢は18歳という国が多い／綜觀全世界，許多國家都將成年人的年齡訂為18歲。

【少女】
少女，小姑娘★社長室の壁には、バレエを踊る少女の絵が掛かっている／社長辦公室的牆壁上，掛著一幅芭蕾舞少女的畫。

【青年】
青年，年輕人★いつもお母さんの陰で泣いてた男の子が、立派な青年になったなあ／當年那個一直躲在媽媽背後哭泣的男孩，現在已經長成優秀的青年了啊。

【性】
性慾★異性への関心が高まるなど性に目覚める時期／正值情竇初開、對異性開始感到好奇的時期。

【故郷】
故郷，家鄉，出生地★テレビに故郷の山が映っているのを見て、なぜか涙が出て

きた／看到電視上正在播映故鄉的山脈，眼淚不知不覺流了下來。

【桜】
櫻花，櫻花樹★卒業式の日、校庭の桜の木の下で、みんなで写真を撮った／畢業典禮那天，大家在校園裡的櫻花樹下一起拍了照。

【蕎麦】
蕎麥（植物）★蕎麦粉でタコスを作る／用蕎麥粉製作墨西哥夾餅。

【開く】
開，開放；敞開；傘、花等從收起的狀態打開★つぼみが開いたら、もっときれいだろうなぁ／想必花苞綻放時，一定更漂亮吧。

【育つ】
成長，長大，發育★3人の息子たちは、立派に育って、今は父親になりました／3個兒子都長大成人，現在已經成為父親了。

【発達】
發育★彼は体操の選手なので、全身の筋肉が発達しています／因為他是體操選手，所以全身肌肉都很發達。

そだてる／育てる	撫養、培育

【女】
女兒★私には二人の子どもがいる。上が息子で、下が娘の一男一女だ／我有兩個小孩，一男一女，是哥哥和妹妹。

【牛】
牛★春の牧場では、牛の親子が並んで草を食べている姿が見られます／春天的牧場裡，可以看見大牛和小牛一起吃草的景象。

【馬】
馬★馬は男の子を乗せたまま、山道を全速力で走り去った／馬兒載著小男孩，往山路上奮力奔馳而去了。

【茶】
茶；茶樹；茶葉★ウーロン茶は茶色ですが、日本茶は緑色です／烏龍茶是褐色的，而日本茶是綠色的。

【保育士】
幼教老師★子どもが好きなので、保育士の資格を取るつもりだ／因為喜歡小孩子，所以我打算考取幼教老師的證照。

【保育園】
幼稚園，保育園★働きたいので、1歳の娘を預かってくれる保育園を探している／因為我想去工作，所以在找能托育1歲女兒的托兒所。

【飼う】
養，飼養★マンションで犬が飼えないので、小鳥と魚を飼っています／因為公寓不能養狗，所以我養了小鳥和魚。

【生む】
分娩，母體把胎兒或卵產出體外★初めて子どもを生んだときのことを思い出した／我想起生第一胎那時的事了。

【産む】

分娩，生孩子★彼女は貧しい暮らしの中で、4人の子を産み、育てた／她在貧窮的生活中生下並養育了4個孩子。

【預ける】

託付孩子給人照顧★子どもを預ける／把孩子託付他人代為照顧。

【預かる】

擔任；管理；負責處理、調停★子育てが終わり、今は近所の子どもたちを預かっています／家裡的孩子已經大了不需要照顧，目前我在幫鄰居帶小孩。

【伸ばす】

發揮，提高，施展★その辛くて苦しい経験が、彼の才能を更に伸ばしたといえよう／那段辛苦的經驗，可以說讓他的才華得到更進一步的成長。

そなわる／備わる	生來具有、設有

【自然】

自然，天然；大自然，自然界★この村の豊かな自然が、都会からの観光客に人気です／這個村子豐富的自然資源頗受來自都市的遊客歡迎。

【質】

秉性，資質★教師としての質が欠けている／他不具備執教的資質。

【性質】

事物的性質，特性；人的性格，性情★金属には、電気を通す、熱をよく伝える等の性質がある／金屬具有導電性和良好的導熱性等特性。

【性】

性別★女性は長く差別されてきたが、性差別は女性に限った問題ではない／儘管女性長期遭受歧視，但性別歧視並非只會發生在女性身上。

【性】

本性★人の性は善なり／人性本善。

【性格】

（人的）性格，性情★宇宙飛行士になるためには、穏やかな性格が求められる／要成為太空人，必須具有穩重的性格。

【癖】

特徴，特點★癖のある声なので、よく聞けば分かる／那個聲音很特殊，只要仔細聽一定能辨識出來。

【カラー】color

特色，色彩，獨特的風格★スクール・カラー／獨特的校風

【正直】

誠實，實在，坦率，正直；不撒謊不騙人，表裡如一★正直者が馬鹿を見るような世の中ではいけない／把老實人看做笨蛋，這樣的社會是有問題的。

【けち】

吝嗇，小氣（的人）★課長はほんとにケチで、奢ってくれるのはいつも安い蕎麦ばかり／科長真的很小氣，總是只請我們吃最便宜的蕎麥麵。

【堅い】

人與人之間可靠，可信；有信用★彼は堅

い人です／他是個可信任的人。

【退屈】（たいくつ）

無聊，悶；寂寞；厭倦★夫は優秀な弁護士ですが、家では退屈な男です／丈夫雖然是一名優秀的律師，但他在家時只是個無聊的男人。

【付く】（つく）

跟隨，伴同；跟著；服侍，照料，護理，保衛★首相は外出の際、常に護衛が付いている／首相外出活動時必定有隨扈隨行。

●Track-049

たえる／耐える	忍耐、承受

【我慢強い】（がまんづよい）

忍耐性強，有忍耐力★客に何を言われても怒らない我慢強い人を求めています／我們正在招募極具耐性，能夠忍受顧客一切無理要求的員工。

【我慢】（がまん）

忍耐，克制，將就★気分が悪いときは、我慢しないで休んでくださいね／不舒服的時候請不要忍耐，好好休息哦。

【じっと】

忍耐一下，一聲不響地★少しの間じっとしててね。痛くないよ。（注射をして）はい、終わり／稍微忍耐一下哦，不會痛的。（打針）好了，打完了。

たかい／高い	（地位、名聲、程度）高的

【目上】（めうえ）

上司；長輩★彼女は年下だけど、仕事上の上司だから、やっぱり目上になるのか／雖然她年紀比我小，但因為是工作上的主管，所以階級還是比我高吧。

【上司】（じょうし）

上司，上級★僕は上司と飲みに行くのは嫌いじゃないよ。ただだからね／我並不討厭和上司一起去喝酒哦！因為不用我出錢。

【トップ】top

最高級，頂級★台湾には世界トップクラスの超高層ビルがあります／臺灣擁有世界頂尖的摩天大樓。

【身長】（しんちょう）

身高★昨日計ったら、身長が2センチも縮んでいた。なぜだ／昨天量了身高後發現居然矮了兩公分！為什麼啊？

【天井】（てんじょう）

天花板★教会の高い天井を見上げると、驚くほど美しい絵が描かれていた／當我抬頭望向教堂高聳的天花板時，才發現上面畫了一幅令人驚嘆的美麗圖畫。

【屋根】（やね）

屋頂★丘の上からは、赤や青の小さな屋根が行儀よく並んでいるのが見えた／從山丘上可以看到紅色和藍色的小屋頂整齊的排列著。

【舞台】
大顯身手的地方★世界の舞台で活躍している／在世界的舞臺積極活動。

【最高】
（高度、位置、程度）最高，至高無上；頂，極，最★本日の東京の天気は晴れのち曇り、最高気温は17度です／今天東京的天氣是晴時多雲，最高溫是17度。

【高】
程度、價值高的；高處，高度★高品質な材料だけで作られた化粧水を販売しています／我們只販售用高品質的原材製成的化妝水。

たかまる／高まる	高漲、提升

【値上がり】
價格上漲，漲價★夏に雨が多かったせいで、野菜の値上がりが避けられないそうだ／據說是因為夏季多雨，所以菜價不可避免地上漲了。

【山】
山★富士山をはじめ、日本には生きている火山がたくさんあります／包括富士山在內，日本有很多座活火山。

【丘陵】
丘陵★東京にも広大な丘陵地帯があるのを知っていますか／你知道東京也有廣闊的丘陵地帶嗎？

【興奮】
興奮，激昂；情緒不穩定★なぜか今朝から、犬が酷く興奮して吠え続けているんです／不知道為什麼，小狗從今天早上開始就一直激動地狂吠。

【燃える】
熱情洋溢★映画への情熱に燃える／對電影滿懷熾烈的熱情。

【燃やす】
燃起，激發出，激起；使情緒或感情高漲★地域振興に闘志を燃やす／為振興地區而燃起高昂的鬥志。

【沸く】
激動，興奮★英雄の血が沸く／英雄的熱血沸騰。

【高まる】
高漲，提高，增長，興奮★デジタル社会となり、情報関連の技術者の需要は高まる一方だ／如今已是數位化社會，對於資訊相關的科技人員的需求不斷增加。

【積もる】
（粉狀物體）積，堆積★今年は雪が多く、都会でも積もった雪がなかなか溶けない／今年降雪量大，連都市裡的積雪也遲遲無法融化。

● Track-050

たしかめる／確かめる	弄清、查明

【確か】
（過去的事不太記得）大概，也許★君は確か、北海道の出身だと言っていたよね／我記得你說過故鄉在北海道吧？

【パスポート】passport

護照；身分證★パスポートの写真がよく撮れていて、違う人かと疑われた／護照的照片拍得太好看了，因而被懷疑不是本人。

【確認】

確認，證實，判明，明確★契約の際は、住所と名前の確認ができる書類をお持ちください／簽合約的時候，請攜帶能夠核對住址和姓名的文件。

【確か】

確實，確切；正確，準確★確かな証拠が交渉を有利にします／握有確切的證據有利於交涉。

【証明】

證明★僕は嘘はついてないけど、それを証明する方法がないんだ／我並沒有說謊，但我無法證明。

【押さえる】

確保，掌握★出来る限り予算を押さえたい／希望盡可能掌握預算。

【確かめる】

查明，確認，弄清★お互い忙しくて擦れ違いがちな彼女の気持ちを確かめたい／我們彼此都很忙碌以致於容易產生摩擦，我希望確認她心裡的想法是什麼。

だす／出す	選出、取出、發出、流出

【ほっと】

嘆氣★彼女はほっとため息をついた／她嘆了一口氣。

【しゃっくり】

打嗝★しゃっくりの止め方を知ってる？もう2時間も止まらないんだ／你知道有什麼方法可以讓打嗝停下來嗎？我已經整整打嗝兩個小時了都停不下來。

【抜く】

拔出，拔掉★虫歯で、歯を抜くことになっちゃった／牙蛀了，只好拔掉了。

【抜く】

選出，抽選★外国人選手を二人抜く／選出兩名外國籍選手。

【下ろす】

卸下 (貨物)；讓…下車、船、飛機等★島に着くと荷物を下ろした／一到島上就卸下行李。

【下ろす】

提取，取出 (存款)★パソコンを買うために、銀行から20万円下ろした／為了買電腦而從銀行領了20萬圓。

【寄せる】

寄送，投寄★この番組に対するご意見、ご感想は番組ホームページまでお寄せください／對本節目的意見和感想請寄到節目網站。

【抜ける】

漏掉，遺漏★この辞典は4ページ抜けている／這本字典漏掉了4頁。

【零れる】

灑落，流出；溢出，漾出；(花)掉落★男

の子の大きな目から、ポロポロと涙が零れた／眼淚撲簌簌地從男孩的大眼睛裡流了出來。

【溢す】
灑，漏，溢出液體，落下粉末★急に大きな声を出したから、びっくりしてコーヒーを溢しちゃったよ／都是你突然發出很大的聲音，嚇得我連咖啡都灑出來了。

【流す】
流出（血、涙、汗水）★彼女は涙を流しながら彼の手紙を読んだ／她流著淚讀他的來信。

たすける／助ける	幫助

【助】
幫助；協助★海外の地震で、日本から連れて行った救助犬が活躍したそうだ／據說從日本帶往海外協助地震救災的救難犬表現得十分出色。

【貸し】
有恩惠★以前助けてやったのを忘れたのか。君には一つ貸しがあるぞ／你忘記我以前幫過你嗎？你欠我一條人情喔！

【協力】
協力，合作，共同努力，配合★警察に犯人逮捕の協力をして、お礼をもらった／我協助員警逮捕嫌犯，得到了謝禮。

【応援】
支援，援助，救援★応援を求める／請求支援。

【応援】
聲援，從旁助威★代表チームには全国から応援メッセージが届けられた／從全國各地送來了對代表隊的聲援。

【味方】
我（方），自己這一方★一番厳しかった上司が、実は私の一番の味方だったのだ／最嚴厲的上司，其實最是站在我這邊的。

【助ける】
助，幫助，援助★親の仕事を助けたい／我想幫助父母的工作。

●Track-051

たずさわる／携わる	從事

【家】
…家；做…的人，從事某行業的人★上野の美術館は有名な建築家によって設計された／上野美術館是由著名的建築師設計的。

【商売】
職業，行業★金が溜まったら、商売を替えたいと思っている／我想存夠了錢，就改行。

【業】
業，職業；事業；學業★若者がもっと農業や漁業に魅力を感じるような工夫が必要だ／必須設法讓年輕人更深刻體會到農業和漁業的魅力。

【自営業】

獨立經營，獨資★会社を辞めて、自営業の父を手伝うことにした／我決定辭去公司的工作，幫忙父親經營家業。

【就職】
就職，就業，找到工作★就職活動のために、髪を切ってスーツを買った／為了找工作，我剪了頭髮還買了西裝。

たたく／叩く	敲打、拍打、毆打

【拍手】
拍手，鼓掌★演奏が終わった後、会場の拍手は鳴り止まなかった／演奏結束後，會場的掌聲仍不絕於耳。

【ヒット】hit
安全打，安打★サヨナラヒットを打った／擊出了再見安打。

【金槌】
釘鎚，鎚子★本棚を作ったが、金槌で釘を打つより指を打つ方が多かった／雖然書架做好了，但是槌子敲到手的次數，遠比敲在釘子上來得多。

【ラケット】racket
球拍★試合に負けた選手は、怒ってラケットを投げ捨てた／輸了比賽的選手憤怒地把球拍丟到地上。

【ノック】knock
敲打，敲門★お父さん、入るときは、ちゃんとノックしてね／爸爸，進來之前要先敲門哦！

【殴る】
毆打，揍★力の強い男が、女の子を殴るなんて、絶対に許されないことだ／力氣大的男人毆打女孩子這種事，絕對無法原諒！

【叩く】
打，拍打；揮★何度もドアを叩いても、家の中から返事がないんです／即使我不斷敲門，家裡還是沒有人回應。

ただしい／正しい	正當、正確

【当たり前】
當然，自然，應該★家族なんだから、困った時は助け合うのが当たり前でしょ／因為是家人，遇到困難時當然要互相幫助。

【きちんと】
正，恰當★実験結果は、全ての数字をきちんと記録しておくこと／必須詳實記錄實驗結果的所有數據。

【実は】
說真的，老實說，事實是，說實在的★実は、若い頃は歌手になりたくて、駅前で歌ったりしてたんだ／其實我年輕的時候想成為歌手，當時曾在車站前賣唱。

【是非】
好與壞★是非をはっきりさせてほしい／希望能分清是非。

【白】
清白★彼が白かどうかはあやしい／他

的清白與否仍有待釐清。

【当然（とうぜん）】

當然，應當；應該，理所當然★人に迷惑（ひと めいわく）をかけたのだから、謝るのが当然（とうぜん）だ／因為造成了別人的困擾，理所當然要道歉。

【正確（せいかく）】

正確，準確★自分（じぶん）が生まれた正確（せいかく）な時間（じかん）を知っていますか／你知道自己出生的正確時間嗎？

たてる／ 建てる	建造

【工事（こうじ）】

工程，施工★道路工事（どうろ こうじ）の期間（きかん）は渋滞（じゅうたい）するので、電車（でんしゃ）で通（かよ）うことにした／因為道路施工期間會塞車，所以我決定搭電車通勤。

【桁（けた）】

（房屋、橋樑的）橫樑，橫木，桁架★桁（けた）を渡（わた）す／架一根橫木。

【大工（だいく）】

木匠，木工★物（もの）を作（つく）るのが好きなので、将来（しょうらい）は大工（だいく）になって家を建てたい／因為喜歡製造物品，所以將來想成為木匠，建造房子。

【建築家（けんちくか）】

建築師★オリンピックの競技場（きょうぎじょう）を見（み）て、建築家（けんちくか）になりたいと思（おも）った／參觀奧運會場之後，就想成為建築師了。

【建つ（たつ）】

建，蓋★うちの隣（となり）に15階建てのマンションが建つそうだ／據說我們隔壁即將蓋一棟15層樓的大廈。

【建てる（たてる）】

建造，蓋★海（うみ）の見（み）える丘（おか）の上（うえ）に、小さな家（いえ）を建（た）てるのが、僕（ぼく）の夢（ゆめ）だ／我的夢想是在能看到大海的山丘上建造一棟小屋。

● Track-052

たのむ／ 頼む	請求、依靠、 點餐

【お世話（せわ）になりました】

承蒙您的關照★手術（しゅじゅつ）の際（さい）には大変（たいへん）お世話（せわ）になりました。お陰様（かげさま）で元気（げんき）になりました／手術時承蒙您的關照。托您的福，我已經好多了。

【申請（しんせい）】

申請，聲請★パスポートの申請（しんせい）のために、写真館（しゃしんかん）で写真（しゃしん）を撮（と）った／為了申請護照而到相館拍了照。

【頼み（たの）】

懇求，請求，拜託★先輩（せんぱい）の頼（たの）みじゃ仕方（しかた）ありません。何（なん）でもしますよ／如果是學長拜託的那就沒辦法了，任何事我都願意做。

【頼み（たの）】

信賴，依靠★中山（なかやま）さん、頼（たの）みになるのかなあ／中山小姐值得信賴嗎？

【注文（ちゅうもん）】

點餐，訂貨，訂購★この店（みせ）は、注文（ちゅうもん）してから料理（りょうり）が出（で）てくるまで、20分（ぷん）もかかる／這家店從點餐到出餐足足需要20分鐘。

【任せる】
委託，託付★君に任せると言った以上、責任は私が取るから、自由にやりなさい／既然說好交給你辦了，責任由我負，你只管盡情發揮吧！

【預ける】
存，寄存，寄放★ボーナスは半分使って、残りの半分は銀行に預けるつもりです／我打算花掉半數獎金，剩下的另一半存入銀行。

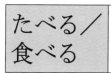

| たべる／食べる | 吃 |

【丼】
大碗公；大碗蓋飯★お昼ご飯は、牛丼やカツ丼などの丼物をよく食べます／我午餐經常吃牛肉蓋飯和炸豬排蓋飯等蓋飯類餐點。

【缶詰】
罐頭★非常食用に魚や野菜の缶詰をたくさん買ってあります／我買了很多魚和蔬菜的罐頭做為緊急糧食。

【チーズ】cheese
起司，乳酪★ハンバーグにチーズをたっぷり乗せて焼きます／在漢堡肉餅上鋪滿大量起司之後烘烤。

【ランチ】lunch
午餐；便餐★お弁当もいいけど、たまにはおしゃれなお店でランチしてもいいなあ／雖然便當也很好吃，但偶爾在華麗的餐廳裡享用午餐也很不錯啊！

【食料】
食品，食物★デパートの食料品売り場で、餃子を売っています／我在百貨公司的食品賣場販賣餃子。

【食糧】
食糧，糧食★このまま人口が増え続けると、世界は深刻な食糧不足になると言われている／據說如果果人口持續增加，世界上的糧食將會嚴重不足。

【粥】
粥，稀飯★熱を出して寝ていたら、彼女が来て、お粥を作ってくれた／在我發燒睡著的時候，她來了，並幫我煲了粥。

【蕎麦】
蕎麥麵★天ぷらそばとカレーライスですね。かしこまりました／您點的是天婦羅蕎麥麵和咖哩飯對吧，我知道了。

【饂飩】
烏龍麵條，烏龍麵★当店では、こちらの天ぷらうどんが人気メニューです／這個天婦羅烏龍麵是本店的人氣餐點。

【弁当】
便當，飯盒★「お弁当は温めますか。」「はい、お願いします。」／「便當要加熱嗎？」「要，拜託你」。

【椀・碗】
盛裝食物、湯品等的容器★お茶碗には白いご飯、お椀には熱いお味噌汁、幸せだなあ／有一碗白飯和一碗熱味噌湯，真是幸福啊！

【ダイニング】dining room 之略

そ

ためる

餐廳，飯廳，「ダイニングルーム」之略稱；西式餐館★ダイニングに置くテーブルセットを買った／我買了要擺在餐廳的桌椅組。

【食前】
飯前★この薬は、食前に飲んだほうがよく効きます／這種藥在飯前服用比較有效哦！

【食後】
飯後，用餐後★食後にソフトクリームはいかがですか／飯後要不要來點霜淇淋呢？

【ガム】(英) gum
口香糖；樹膠★噛み終わったガムは、紙に包んで捨ててください／嚼完的口香糖，請用紙包好扔掉。

【アイスクリーム】ice cream
冰淇淋，冰糕，雪糕★寒い冬に暖かい部屋で食べるアイスクリームは最高だ／在寒冷的冬天裡，窩在溫暖的房間吃冰淇淋最棒了！

【舌】
舌頭；舌狀物★女の子は、「ごめんなさい」と言うと、笑って舌を出した／女孩笑著吐出舌頭說了「對不起」。

【唇】
嘴唇★唇の動きを見れば、相手が何と言っているか分かるんです／只要看對方的嘴型動作，就能知道對方在說什麼。

【生】
生；鮮；濕★ニンニクは生で食べると辛い／生吃大蒜很辣。

【含む】
(眼睛、嘴巴) 含著★口の中に水を含むと不思議と痛みが和らぎます／嘴裡含一口水，就會神奇地減緩疼痛。

● Track-053

| ためる | 儲蓄 |

【電池】
電池★懐中電燈は、電池が切れていないことを確認しておきます／事先檢查手電筒的電池是否還有電。

【貯金】
存，存錢；存款；儲蓄★「ボーナスが出たら、何に使いますか。」「貯金します。」／「領到獎金以後，你要怎麼花？」「我會存起來。」

【積もる】
(同類事物) 累積，積攢，積存★借金が積もって返せなくなる／債臺高築至無法償還。

【溜まる】
攢，積存 (金錢、財產)★金が溜またら、一人暮らししたい／等存夠了錢，我想一個人生活。

【溜める】
積，存，蓄；積壓，停滯★長生きしたければ、ストレスを溜めないことです／想要長壽，就不要累積壓力。

【積む】
積累，積攢，積蓄★彼は高利貸しで巨万の富を積んでいました／他當初是靠高利貸放款累積出龐大的財富。

ちいさい／小さい	小、微小、細、短

【小】

小，少；稍微★ビデオに映っていたのは、40歳くらいの小太りの男でした／出現在錄影帶裡的是一位40歲左右的微胖男子。

【スマート】smart

苗條的；漂亮的；俏皮的；瀟灑的★ダンスで体はスマートになった／藉由跳舞讓身材變得苗條。

【詳しい】

詳細，詳密★その男を見たんですか。その時の様子を詳しく聞かせてください／你看到那個男人了嗎？請詳細告訴我當時的情況。

【浅い】

淺的；自口部至底部或深處的距離短★包丁で手を切ったと聞いてびっくりしたが、傷が浅くてよかったよ／聽到他菜刀切到手時吃了一驚，幸好傷口不深。

【弱める】

減弱，削弱★ちょっと寒いですね。冷房を少し弱めてもらえますか／有點冷，麻煩把冷氣調弱一點好嗎？

【詰まる】

縮短，短，縮★命が詰まる／減壽。

【詰める】

縮小，縮短；挨緊，靠緊，擠緊★文字と文字の間を詰める／縮小字距。

【縮める】

截短，裁短★スカートのたけを縮める／改短裙子。

ちかい／近い	接近、靠近

【つい】

相隔不遠，就在眼前★私はついさっき彼に会ったばかりです／我才剛見過他。

【ぎりぎり】

最大限度，極限，到底，勉強★林さんは毎朝、授業の始まる9時ぎりぎりに教室に飛び込んでくる／林同學每天都在9點剛要上課的前一刻衝進教室。

【その内】

最近，過幾天，不久；其中★そんなに泣かないで。そのうち、みんなも分かってくれるよ／別再哭了，一陣子過後，大家就會理解你的難處了。

【ただいま】

剛才，剛剛；不久之前的時刻★ただいまご覧になりました／剛看過了。

【先日】

前天；前些日子★先日の台風で、畑の野菜が全部だめになってしまった／前陣子的颱風害得菜園的蔬菜全因泡水而腐爛了。

【前日】

前一天★試験の前日は、緊張してなか

なか眠（ねむ）れないんです／考試前一天緊張
得遲遲無法入睡。

【近所（きんじょ）】

附近，鄰近處，近郊★近所（きんじょ）の公園（こうえん）に集（あつ）
まって、みんなでラジオ体操（たいそう）をしてい
ます／大家聚在附近的公園一起做廣播體
操。

【辺（あた）り】

周邊，附近，周圍★昨日（きのう）、駅（えき）の辺（あた）りで爆（ばく）
発（はつ）事故（じこ）があったらしいですよ／昨天車
站附近好像發生了爆炸事件哦！

【周（まわ）り】

周圍，周邊★何（なに）を食（た）べたの？口（くち）の周（まわ）りに
ケチャップがついてるよ／你吃了什麼？
嘴巴周圍沾到番茄醬了哦。

【直前（ちょくぜん）】

即將…之前，眼看就要…的時候★開始（かいし）
直前（ちょくぜん）にコンサートの中止（ちゅうし）が発表（はっぴょう）され、
会場（かいじょう）は混乱（こんらん）した／在演唱會開始的前一
刻宣佈取消，造成了會場一片混亂。

【直前（ちょくぜん）】

正前方★彼女（かのじょ）は車（くるま）の直前（ちょくぜん）に立（た）っている
／她就站在車頭前面。

【直後（ちょくご）】

（時間，距離）緊接著，剛…之後，…之後
不久★番組（ばんぐみ）が放送（ほうそう）された直後（ちょくご）から、テ
レビ局（きょく）の電話（でんわ）が鳴（な）り止（や）まない／節目一播
出，電視臺的電話就響個不停。

【直後（ちょくご）】

正後方★車（くるま）の直後（ちょくご）を渡（わた）るのは危険（きけん）だ／
從車子後面穿過去是很危險的。

【親（した）しい】

（血緣）近；親近，親密★結婚式（けっこんしき）は、家（か）
族（ぞく）と親（した）しい友人（ゆうじん）数人（すうにん）だけでするつもり
です／我的婚禮只打算邀請家人和幾位摯
友而已。

● Track-054

ついやす／費やす	花費、消耗

【費（ひ）】

費用；消費，花費★今日（きょう）の歓迎会（かんげいかい）の費（ひ）
用（よう）は、会社（かいしゃ）の交際費（こうさいひ）で処理（しょり）してくださ
い／今天歡迎會的費用，請用公司的社交
費來支付。

【衣料費（いりょうひ）】

服裝費★子（こ）どもにかける衣料費（いりょうひ）は一年（いちねん）
間（かん）40000円（えん）です／孩子的治裝費一年是4
萬圓。

【医療費（いりょうひ）】

醫療費；治療費★私（わたし）も妻（つま）も健康（けんこう）なので、
医療費（いりょうひ）はほとんどかかりません／我和
妻子都很健康，所以幾乎沒有支出醫療費
用。

【生活費（せいかつひ）】

生活費★東京（とうきょう）の大学（だいがく）に通（かよ）う息子（むすこ）に、毎（まい）
月（つき）生活費（せいかつひ）を送（おく）っています／我每個月都會
送生活費給在東京念大學的兒子。

【食費（しょくひ）】

伙食費，飯錢★給料（きゅうりょう）は安（やす）いが、食（た）べる
ことが好きなので、食費（しょくひ）は減（へ）らせない／
雖然薪水不高，但因為喜歡享受美食，所
以不能刪減伙食費。

【光熱費】
（こうねつひ）

電費和瓦斯費等★光熱費を節約しようと暖房を我慢して、風邪を引いてしまった／想省燃料費而忍耐著沒開暖氣，結果卻感冒了。

【学費】
（がくひ）

學費★当校には、成績優秀者は学費が半額になる制度があります／本校有「成績優異學生得以減半學費」的制度。

【交通費】
（こうつうひ）

交通費，車馬費★アルバイト募集、勤務地までの交通費は全額支給します／招募兼職人員：由家裡到上班地點的交通費將由公司全額支付。

【交際費】
（こうさいひ）

應酬費用★奥さんへのプレゼントを交際費で買っちゃダメですよ／用交際應酬費買禮物送給太太是不對的行為哦。

【消費】
（しょうひ）

消費，耗費★日本におけるワインの消費量は、年々増加している／在日本，葡萄酒的消費量正在逐年增加。

【無駄】
（むだ）

浪費，白費★彼は何もしないで、ただ無駄に毎日を過ごしている／他什麼事也不做，天天就這麼虛度光陰。

【潰す】
（つぶす）

打發，消磨；浪費★いつも本を読んで時間を潰していました／我過去常用閱讀來打發時間。

つかう／使う	使用

【文房具】
（ぶんぼうぐ）

文具，文房四寶★かわいいペンやきれいなメモ帳、文房具屋は見ていて飽きない／可愛的筆和漂亮的記事本…，這些東西在文具店裡怎麼逛都逛不膩。

【家具】
（かぐ）

傢俱★リビングにはイタリア製の高級家具が並んでいた／客廳裡擺放著義大利製造的高級傢俱。

【リサイクル】recycle

回收，（廢物）再利用★紙袋やお菓子の箱も大切な資源です。リサイクルしましょう／紙袋和糖果盒也都是重要的資源。拿去資源回收吧！

【向ける】
（むける）

歸入，挪用★ボーナスを寄付金に向けた／將獎金捐了出去。

【役立てる】
（やくだてる）

（供）使用，使…有用★海外生活で経験したことを、この仕事に役立てたいと思う／我希望把在海外生活的經驗充分發揮在這份工作上。

つかさどる	掌管、管理

【長】
（ちょう）

長官，首領★出席者は、社長、営業部長、支社長、工場長、研究所長の５名

です／出席者包括社長、業務經理、分公司負責人、廠長和研究所長等５人。

【トップ】top

最高層，最高階級，領導階層★トップ会議は全て公開で開かれました／高峰會以全程公開的方式舉行完畢。

【リーダー】leader

領導人，領袖，指揮者，指導者★彼は大学の教授であると同時に、研究チームのリーダーでもある／他是大學教授，同時也是研究團隊的領導人。

【主人】

家長，一家之主；當家的★父が一家の主人だ／父親是一家之主。

【警察署】

警察局★警察署の前には、犯人を一目見ようと人々が集まっていた／群眾為了看嫌犯一眼而聚集在警察局前。

【政治家】

政治家；多半指議員★この国を若い力で変えたいと思って、政治家になりました／我期盼用年輕的力量改變這個國家，於是成了一名政治家。

【代表】

代團體、法人、部分人或者個人表達其意見（的人）★先生のお宅へ、クラスを代表してお見舞いに伺った／我代表全班去老師家探了病。

● Track-055

| つかむ | 抓住、掌握住 |

【手の平・掌】

手掌★子猫のふわふわした感じが、まだ僕の手のひらに残ってるよ／小貓毛茸茸的觸感還殘留在我的手掌心喔。

【手の甲】

手背★初デートで、別れ際に手の甲にキスされて、びっくりしました／第一次約會道別時，對方在我的手背上親了一下，把我嚇了一大跳。

【握手】

握手；和好，合作，妥協★試合が終われば、勝っても負けても笑って握手をするのがスポーツだ／比賽結束後，不論輸贏都要笑著和對手握手，這才是運動家精神。

【親指】

拇指；大拇指★親指でこのボタンをしっかり押してください／請用拇指用力按下這個按鈕。

【人差し指】

食指★彼は人差し指を立てて、僕はナンバーワンだ、と叫んだ／他伸出食指，大喊道：「我是第一名！」。

【中指】

中指★彼は人差し指と中指で、Ｖサインを作って見せた／他伸出食指和中指，朝我們比了Ｖ的手勢。

【小指】

小指頭★指切りとは、自分の小指と相手の小指を結んで約束をすることです／「打勾勾立誓」是指自己的小指和對方的小指互相打勾勾，結下約定。

【薬指】

無名指★彼女の薬指には婚約指輪の大きなダイヤが光っていた／她戴在無名指的那只訂婚戒指上有顆碩大的鑽石正在閃閃發亮。

【爪】

（人的）指甲，腳指甲；（動物的）爪；指尖；（用具的）鉤子★うちの猫が爪を出したら、気をつけてくださいね／如果看到我家的貓露出爪子來，請小心不要被抓到喔。

【お玉杓子】

圓杓子★卵のスープです。そこのお玉杓子で皆さんに分けてください／這是蛋花湯。請用那支大湯匙分盛給大家。

【機】

時機★静かに機を待つ／靜待時機。

【揉む】

搓，搓揉；用雙手夾住東西並使反復相互摩擦★寒いと思って両手を揉んだ／冷得搓手。

【揉む】

捏，推拿，按摩；用指尖或手等抓住後反復用力按壓★ああ、疲れた。ちょっと肩を揉んでくれない？／唉，好累喔。可以幫我揉揉肩膀嗎？

【捲る】

翻開；撩起，掀起★試験会場では、受験生が問題用紙をめくる音だけが響いていた／考場裡，只有考生翻閱考卷的聲響在空中迴盪。

【掴む】

抓，抓住，揪住，握住★チャンスを掴む人は、常にそのための準備をしている人です／能夠抓住機會的人，亦即總是預先妥善準備的人。

【握る】

握；抓★父は「頑張れよ」と言って、私の手を強く握った／爸爸緊緊握住我的手，說：「加油啊！」。

つく／付く ｜ 附上、附著

【付き】

黏，附著★船上パーティーは豪華な食事に、お土産付きだった／遊艇派對不僅有豪華的餐飲，還附贈了禮物。

【ペンキ】（荷）pek

油漆★息子と一緒に犬小屋を作って、屋根に青いペンキを塗った／我和兒子一起蓋了狗屋，並在屋頂刷上藍色的油漆。

【アルバム】album

相片簿，照相簿，紀念冊；影集★結婚式のときの写真をアルバムにして、親戚に配るつもりです／我打算將婚禮的照片做成相冊，分發給親戚們。

【付く】

附上；附著，粘附，沾上★男性は襟の付いたシャツを着るようにしてください／男性請穿著有領子的襯衫。

● Track-056

| つぐ／次ぐ | 接著、之後 |

【副】

副，附屬物，附加物★本日は山下部長
に代わりまして、副部長の私がご挨拶
させて頂きます／今天由身為副經理的
我代替山下經理前來拜會。

【後】

後，之後；今後，未來；死後；身後★犯
人は、一週間逃げ回った後に、警察に
よって逮捕された／犯人在逃亡一周之後
被員警逮捕了。

【以後】

今後，以後，將來★以後気をつけます
／今後會多加注意。

【以後】

（在某時期）之後，以後★この道路は、
夜8時以後は通行止めになっています
／這條道路晚上8點以後禁止通行。

【今後】

今後，以後，將來★申し訳ありません。
今後はこのような失敗のないよう気をつ
けます／對不起。我會小心以後不再發生
相同的失誤。

【事後】

事後★事後報告になりますが、昨日A
社との契約に成功しました／容我事後
報告，昨天與A公司成功簽約了。

【明】

（相對於「今」而言的）明★では、明日
の社長のスケジュールを確認いたしま
す／那麼，容我查一下社長明天的行程安
排。

【翌】

次，翌，第二★夜中に高熱が出たが、翌
朝まで待って病院へ行った／半夜發了
高燒，等到隔天早上才去醫院。

【翌日】

隔天，第二天★妻は会社の元同僚です
が、出会った翌日にデートに誘いました
／我妻子是以前的公司同事，認識第二天
我就約她出來了。

【來】

以後，以來★彼女とは同じ大学で、10
年来の友人です／我和她讀同一所大學，
我們已經是10年的老朋友了。

【後輩】

比自己後來的同事，（同一學校）後班生；
晚輩，後生★僕の上司は、実は大学の
後輩で、お互いにちょっとやりにくいん
だ／我的上司其實是大學時代的學弟，以
致於雙方在工作上有些尷尬。

【明後日】

後天★卒業式は、明後日の午前10時よ
り講堂にて行います／後天早上10點將
在禮堂舉行畢業典禮。

【未來】

將來，未來；（佛）來世★20年後の未来
に行って、僕の奥さんを見てみたいです
／我想到20年後，看看我未來的妻子是
誰。

【落第】

不及格，落榜，沒考中；留級★兄<ruby>兄<rt>あに</rt></ruby>は３<ruby>回<rt>かい</rt></ruby><ruby>落第<rt>らくだい</rt></ruby>して、<ruby>今年<rt>ことし</rt></ruby>でやっと<ruby>東京大学<rt>とうきょうだいがく</rt></ruby>に<ruby>入<rt>はい</rt></ruby>りました／我哥哥落榜了３次，終於在今年考上東京大學了。

【<ruby>続<rt>つづ</rt></ruby>く】

接連發生★<ruby>病気<rt>びょうき</rt></ruby>や<ruby>死<rt>し</rt></ruby>など<ruby>不幸<rt>ふこう</rt></ruby>が<ruby>続<rt>つづ</rt></ruby>いてもう６<ruby>年<rt>ねん</rt></ruby>になった／６年來身邊的人相繼生病和過世，不幸之事一再發生。

つくる／作る	製作、創作

【<ruby>産<rt>さん</rt></ruby>】

出産，產物，物產★<ruby>当店<rt>とうてん</rt></ruby>のメニューは<ruby>全<rt>すべ</rt></ruby>て<ruby>国産<rt>こくさん</rt></ruby>の<ruby>材料<rt>ざいりょう</rt></ruby>を<ruby>使用<rt>しよう</rt></ruby>しています／本店的餐點全部採用國產的食材。

【<ruby>発明<rt>はつめい</rt></ruby>】

發明★<ruby>発明王<rt>はつめいおう</rt></ruby>と<ruby>言<rt>い</rt></ruby>われるエジソンは、<ruby>一生<rt>いっしょう</rt></ruby>で1300もの<ruby>発明<rt>はつめい</rt></ruby>を<ruby>行<rt>おこな</rt></ruby>った／被譽為發明王的愛迪生，一生中有1300項發明。

【コピー】copy

文稿，文案★コピー・ライターになりたい／想當文案撰稿員。

【ライター】lighter

作家，撰稿人；以寫文章為業的人★<ruby>優<rt>すぐ</rt></ruby>れたコピーライターが<ruby>輩出<rt>はいしゅつ</rt></ruby>している／專寫廣告稿人員人才輩出。

【デザイン】design

設計（圖）；（製作）圖案★このバッグは、<ruby>使<rt>つか</rt></ruby>い<ruby>易<rt>やす</rt></ruby>い<ruby>上<rt>うえ</rt></ruby>にデザインもかわいいと<ruby>評判<rt>ひょうばん</rt></ruby>です／大家對這款手提包的評價是「使用方便，而且設計也很可愛」。

【デザイナー】designer

（平面、服裝、建築等）設計師★アクセサリーのデザイナーになるために、イタリアに<ruby>留学<rt>りゅうがく</rt></ruby>します／為了成為飾品設計師，我將前往義大利留學。

【<ruby>芸術<rt>げいじゅつ</rt></ruby>】

藝術★<ruby>勉強<rt>べんきょう</rt></ruby>は<ruby>苦手<rt>にがて</rt></ruby>で、<ruby>音楽<rt>おんがく</rt></ruby>や<ruby>美術<rt>びじゅつ</rt></ruby>などの<ruby>芸術科目<rt>げいじゅつかもく</rt></ruby>が<ruby>得意<rt>とくい</rt></ruby>でした／我學生時代不會讀書，但擅長音樂和美術等藝術科目。

【<ruby>製品<rt>せいひん</rt></ruby>】

製品，產品★<ruby>各社<rt>かくしゃ</rt></ruby>の<ruby>製品<rt>せいひん</rt></ruby>が<ruby>比較<rt>ひかく</rt></ruby>できるパンフレットはありませんか／有沒有可以比較各公司產品的冊子？

【<ruby>瀬戸物<rt>せともの</rt></ruby>】

陶瓷品★<ruby>父<rt>ちち</rt></ruby>が<ruby>大事<rt>だいじ</rt></ruby>にしていた<ruby>瀬戸物<rt>せともの</rt></ruby>の<ruby>花瓶<rt>かびん</rt></ruby>を<ruby>割<rt>わ</rt></ruby>ってしまった／我把父親珍愛的陶瓷花瓶給打碎了。

【<ruby>作品<rt>さくひん</rt></ruby>】

製成品；（藝術）作品，（特指文藝方面）創作★この<ruby>絵<rt>えが</rt></ruby>は、ピカソが14<ruby>歳<rt>さい</rt></ruby>の<ruby>時<rt>とき</rt></ruby>に<ruby>描<rt>えが</rt></ruby>いた<ruby>作品<rt>さくひん</rt></ruby>です／這幅畫是畢卡索14歲時繪製的作品。

【デザート】dessert

餐後點心，甜點（大多泛指較西式的甜點）★<ruby>食後<rt>しょくご</rt></ruby>のデザートは<ruby>当店自慢<rt>とうてんじまん</rt></ruby>のチーズケーキです／飯後甜點是本店的招牌乳酪蛋糕。

【<ruby>作曲家<rt>さっきょくか</rt></ruby>】

作曲家★18<ruby>世紀<rt>せいき</rt></ruby>の<ruby>作曲家<rt>さっきょくか</rt></ruby>バッハは、<ruby>音楽<rt>おんがく</rt></ruby>の<ruby>父<rt>ちち</rt></ruby>と<ruby>言<rt>い</rt></ruby>われている／18世紀的作曲家巴哈被譽為音樂之父。

【職人】しょくにん

工匠★東京にはすし職人になるための学校があります／東京有専門訓練壽司師傅的學校。

【調理師】ちょうりし

烹調師，廚師★調理師の免許を取るため、専門学校で勉強しています／為了取得廚師執照而正在專業學校學習。

【キッチン】kitchen

廚房★こちらのお部屋は、広いリビングと明るいキッチンが人気です／這棟屋子最受歡迎的是寬敞的客廳和明亮的廚房。

【裁縫】さいほう

裁縫，縫紉★長い旅行をするときは、簡単な裁縫道具を持って行くことにしている／長途旅行的時候，我都會帶著簡單的縫紉用具。

【ミシン】sewingmachine 之略

縫紉機★ミシンが故障したので、全部手で縫いました／因為縫紉機故障了，所以全部用手縫製。

【農業】のうぎょう

農耕；農業★国民の食を支える農業には、もっと若い人の力が必要です／提供國民食物來源的農業需要更多年輕人的力量。

【農家】のうか

農民，農戶；農民的家★実家は農家で、両親と兄夫婦でミカンを作っています／我老家務農為生，父母和哥哥夫婦一起種橘子。

【畑】はたけ

田地，旱田★畑の野菜を採ってきて、朝ご飯に味噌汁を作った／我摘下田裡的蔬菜，煮了味增湯當早餐。

【記録】きろく

體育比賽等的紀錄★ 151 試合連続出場という記録をつくった／創造了 151 場比賽連續出賽的記錄。

【生産】せいさん

生産，製造；創作（藝術品等）；謀生的職業，生計★日本の眼鏡の 9 割は、この町で生産されています／日本的眼鏡有 9 成產自這座城鎮。

【生む】う

新生，產出，產生★作者の子ども時代の経験が、この名作を生んだと言えるでしょう／可以說是作者孩提時代的經歷，孕育了這部傑作。

【できる】

（由某原料）做出；（建築物或組織）建成★私の机は木でできている／我的桌子是木頭材質。

【縫う】ぬ

縫，縫補；刺繡；穿過，穿行；（醫生）縫合（傷口）★ズボンのお尻を破ってしまい、針と糸を借りて縫った／褲子後面破了，我借來針線把洞縫好了。

【立てる】た

訂定；制定，起草★きちんと計画を立ててから始めよう／先做好完善的規劃之後再著手執行吧。

【握る】にぎ

捏飯糰★うまいすしを握る秘訣はハートだ／捏出美味壽司的秘訣在於誠心誠意。

つける／着ける	配戴、繫上

【ベルト】belt

腰帶；皮帶★ズボンが緩いので、ベルトを締めないと落ちてきちゃうんだ／因為褲子很鬆，所以如果沒繫腰帶就會掉下來。

【マフラー】muffler

圍巾★今日は寒いから、マフラーと手袋を忘れずにね／今天很冷，別忘了戴圍巾和手套啊。

【スカーフ】scarf

圍巾，披肩；領結★帽子をかぶり、シルクのスカーフを首にしっかり結びます／戴上帽子，並把絲質圍巾牢牢繫在脖子上。

【ヘルメット】helmet

頭盔，鋼盔；（盔形）安全帽，防護帽★バイクの後ろに乗せてあげるよ。君の分のヘルメットもあるから／我騎機車載你吧！反正我多帶了一頂安全帽。

【付ける・附ける・着ける】

穿上；帶上；繫上；別上；佩帶★マスクをつけて出かける／戴上口罩出門去。

【巻く】ま

纏，纏繞★父はお風呂から出ると、体にタオルを巻いたまま、ビールを飲み始めた／爸爸一洗完澡，身上只裹著浴巾就開始喝起啤酒了。

つたえる／伝える	傳、傳達、傳給後世

【伝言】でんごん

傳話，口信；帶口信★山本課長はお休みですか。では、伝言をお願いできますか／山本科長請假了嗎？那麼，可以請您代為留言給她嗎？

【マスコミ】mass communication 之略

媒體；「マスコミュニケーション」之略稱★大臣の発言に対するマスコミの反応は様々だった／對於部長的發言，各家媒體的反應各不相同。

【メッセージ】message

電報，消息，口信；致詞，祝詞；（美國總統）諮文★電話が繋がらなかったので、留守番電話にメッセージを残した／因為電話聯繫不上，所以在答錄機裡留言了。

【ベルト】belt

傳動帶，輸送帶，輪帶★箱をベルトで送る／透過輸送帶運送箱子。

【伝える】つた

傳授★子孫にその秘伝を伝えた／將那個祖傳秘方傳授給了子孫。

【伝える】つた

-111-

傳達，轉告，轉達；告訴，告知★田中課長に、またお電話しますとお伝えください／請轉達田中科長，我稍後將再致電。

【移す】

傳染★みんなに病気を移してしまった／把病傳染給大家了。

【残す】

遺留★歴史に名を残す／名垂青史。

つたわる／伝わる	流傳、傳開

【普及】

普及★インターネットの普及によって、社会の情報化が進んだ／隨著網絡的普及，我們又朝資訊化的社會邁進了一步。

【通じる・通ずる】

通曉，精通；熟悉★中国語はCDで勉強しただけですが、けっこう通じますよ／雖然我只透過CD學習中文，但是程度很不錯哦！

【広がる】

擴展，蔓延，傳開★インターネット上には、大統領の発言を批判する声が広がっていた／針對總統發言的批判聲浪在網絡上越演越烈。

【広まる】

傳播，蔓延★日本にキリスト教が広まらなかった理由について研究している／正在研究基督教無法在日本廣為宣教的原因。

【広める】

傳播，弘揚，普及，推廣★彼が社長の息子だという噂を広めたのは一体誰なの／究竟是誰把他是社長的兒子這件事傳出去的？

【流れる】

傳播，傳開★政策が変わるそうだといううわさが流れている／有人傳言說政策要變了。

【鳴る】

馳名，聞名★鋭い眼力をもって鳴る評論家／那位評論家以慧眼獨具而聞名於世。

【鳴らす】

使…周知，出名，馳名★彼も一時はアクション映画界で鳴らしたものだ／他也曾在動作影片揚名一時。

● Track-059

つづく／続く	接著、接連、繼承

【相変わらず】

照舊，仍舊；跟往常一樣★彼とは5年ぶりに会ったが、相変わらず忙しそうだった／和闊別五年的他重逢，他看來仍然忙碌如昔。

【で】

那麼★「私、会社辞めたんだ。」「へえ、そうなんだ。で？これからどうするの？」／「我已經向公司辭職了。」「喔，這樣哦。那麼，你接下來打算做什麼？」

【次々に・次々と】

接連不斷地；絡繹不絕地；一個接一個地；按次序地；陸續；相繼★池の鳥が、近づくボートに驚いて次々と飛び立った／池塘裏的鳥被逐漸靠近的小船嚇得一隻接一隻地飛了起來。

【ずっと】

一直；始終★ラーメンまだ？さっきからずっと待ってるんだけど／拉麵還沒好嗎？我從剛才一直等到現在耶！

【毎】

每★この曲はいくら練習しても、毎回同じところで間違えてしまう／這首曲子不管再怎麼練習，每次還是都在同個地方出錯。

【持ち】

持久性，耐久性★機種が古くなって電池持ちが悪くなった／隨著機具老化，電力也越來越不持久。

【連続】

連續，接連★わが社は３年連続で売り上げが増加しています／我們公司的營業額已經連續成長３年。

【続き】

繼續，連著★ドラマの続きが気になって、来週まで待てないよ／實在太好奇劇情接下來的發展，等不到下週了啦！

【続き】

繼承★社長の続き／社長的後繼。

【続く】

通到，連到★目の前には、どこまでも続く一本道があった／當時，眼前有一條通到遠方的筆直道路。

つづける／続ける ─ 繼續、不斷

【次々】

連續不斷，絡繹不絕★商品が次々売れると、日々の接客も楽しい／商品熱賣，每天站在第一線銷售也很有成就感。

【再び】

再一次，又，重新★男は助けた子どもを岸に上げると、再び海の中へ飛び込んだ／男子把救回來的小孩抱上岸後，又再度跳進海裡。

【梅雨】

梅雨，梅雨季★６月下旬に梅雨入りしてから、毎日雨で嫌になる／自從６月下旬進入梅雨季之後天天都下雨，讓人覺得很煩躁。

【続ける】

繼續，不斷地；接在動詞連用形後的複合語用法★母親は、子どもが手術を受けている間、神に祈り続けた／當孩子動手術的那段時間，媽媽不斷向神明祈求。

【通す】

連續，連貫；貫徹，一直…★哲学者は生涯独身で通す人が多いと言われた／一般而言，許多哲學家終其一生是孤身一人。

【繰り返す】

反覆，重覆★かわいい動物の動画を何度も繰り返し見ています／我重複觀賞了可愛動物的影片好幾次。

【重ねる】

反覆，屢次，多次★失敗を重ねているからこそ、偉大な作品を残した／正因為經過多次的失敗，才能留下偉大的作品。

【絶えず】

不斷地，經常地，不停地，連續★向かいのビルの工事の音が絶えず聞こえてきて、仕事にならない／對面大樓施工的噪音不斷傳來，害我無法好好工作了。

●Track-060

つつむ／包む	包裹、覆蓋

【小包】

小包裹；包裹★孫の誕生日に、お菓子やおもちゃを小包で送った／在孫子生日當天，我用包裹寄送了糖果和玩具給他。

【テント】tent

帳篷★夏休みには、山でテントを張ってキャンプをしました／暑假時，我在山上搭帳篷露營了。

【包む】

籠罩，覆蓋；隱沒；沉浸★彼らは火に包まれて逃げ場を失った／當時他們被火海吞噬，無處可逃。

【包む】

包；裏；包上；穿上★餃子の皮でチーズを包んで、おつまみを作りました／做了用餃子皮裹入乳酪的下酒菜。

【埋まる】

（被）埋上，埋著★雪国では、たった一晩で家が雪に埋まってしまうこともある／在雪鄉只要一個晚上，房子就可能會被埋進雪堆裡了。

【埋める】

埋，掩埋，埋上，填起★この種を庭に埋めておけば、10年後においしい柿が食べられるよ／只要把這粒種子種在庭院裡，10年後就可以嚐到美味的柿子囉。

つながる	連接

【続き】

前後的連貫性★文と文との続きが悪い／句與句的銜接不好。

【続く】

繼續；連續；連綿★今日も良いお天気が続いてます／今天依然持續晴朗的好天氣。

【繋ぐ】

接起來★小さな男の子がお母さんと手を繋いで歩いています／小男孩牽著媽媽的手走在路上。

【繋がる】

連接，連繫★この会場は、電話が繋がりにくいですね／這個會場的電話收訊很差耶。

【通じる・通ずる】

電話、通訊等接通★彼女は電話が通じるとすぐ話し始めた／電話一接通，她便開口說話了。

つなぐ	綁、繋

114

【紐】

細繩；帶子★靴の紐をしっかり結び直して、歩き出した／把鞋帶重新繫好後，我邁出了腳步。

【テープ】tape

細長的帶狀物品之通稱；窄帶，線帶，布帶；卷尺★ビニールテープでぐるぐる巻く／用膠帶一圈圈纏繞。

【張る】

張，掛（將布或網以不出現皺褶或坑陷的狀態呈一定面積地伸展開來，或是把線、帶子、繩、金屬絲等呈一條直線地拉伸）★事件のあった公園内は立ち入り禁止で、入り口には縄が張られていた／發生事故的公園入口處拉起了封條，禁止進入了。

【結ぶ】

結合，繫結，連結★東京と函館を北海道新幹線で結ぶ／北海道新幹線連接起東京和函館兩地。

【繫げる】

連接，維繫★録画したものを切ったり繫げたりして、短い映画を作った／用錄好的影片剪接，完成了一部微電影。

つめたい／冷たい	冰冷

【冷やす】

使變涼，冰鎮；（喻）使冷靜★友達が来るので、冷蔵庫にジュースを冷やしておきます／因為有朋友要來，所以先把果汁放到冰箱裡冰鎮。

【冷める】

（熱的東西）變冷，變涼★ほら、しゃべってないで、冷めないうちに食べなさい／好了，不要聊天了，趁還沒冷掉前趕快吃。

【冷ます】

冷卻，弄涼，弄冷★焼いた肉は、冷蔵庫で2時間冷ましてから薄く切ります／烤過的肉先放在冰箱裡冷卻兩個小時，然後再切成薄片。

つよい／強い	強、強壯

【力】

力量★人間関係は、相手の立場に立ってみる想像力が大切です／關於人際關係，從對方的立場思考是很重要的。

【エネルギー】(德) energie

精力，氣力★通勤でエネルギーを消耗する／上下班通勤很耗精力。

【体力】

體力★人間、体が資本だ。勉強もいいが、まずは体力をつけることだよ／身體就是人類的本錢。專注學習雖好，還是要注意保持體力。

【暴力】

暴力，武力★どんな理由があっても、暴力は決して許されない／不管你有任何理由，絕不允許使用暴力。

【弾】(だん)

砲弾★ライフル銃に弾を込める／把子彈填入來福槍。

【堅い】(かたい)

硬，堅硬，堅固；即使用力也不易改變形態★かたい鉛筆／硬鉛筆。

【固い】(かたい)

硬，凝固；內部不鬆軟，不易改變形態★かたいせんべい／硬仙貝。

【刺す】(さす)

（眼、鼻、舌等受到）強烈刺激★鼻をさすにおい／刺鼻的氣味

【強まる】(つよまる)

強烈起來，加強，增強★不良品を販売していた会社に対して、世間の批判は強まる一方だ／對於銷售瑕疵品的公司，社會上的抨擊越來越強烈。

● Track-061

| できる | 能、會 |

【かもしれない】

也許，也未可知★妻と大喧嘩をした。私たちはもうだめかもしれない／和妻子大吵了一架。我們可能已經走到盡頭了吧。

【能力】(のうりょく)

能力；法律上的行為能力★部長、この仕事は私の能力を超えています。できません／經理，這份工作超出了我的能力範圍，我無法勝任。

【実力】(じつりょく)

實力，實際能力★プロの選手なら、実力はもちろん、人気も必要だ／如果想當職業選手的話，首先必須具備實力，再者人氣也是必要的。

【働き】(はたらき)

功能★彼は頭の働きが速い／他腦筋動得很快。

【性能】(せいのう)

性能，機能，效能★トースターに高い性能は求めていない。パンが焼ければよい／不要求烤麵包機具備多麼超群的性能，只要能烤麵包就好。

【可能】(かのう)

可能★契約して頂けるのでしたら、可能な限り、御社の条件に合わせます／只要能與敝公司簽約，我們會盡己所能來配合貴公司的要求。

【不可能（な）】(ふかのう)

不可能的，做不到的★こんなわずかな予算では、実験を成功させることは不可能です／用這麼低的預算，是不可能讓實驗成功的。

【できる】

做得好，做得到★先生が、君ならできると言ってくださったおかげで、今日まで頑張れました／感謝老師曾告訴我「你一定做得到」，我才能堅持努力到了今天。

| でる／出る | 出身、走出、露出 |

【出身】(しゅっしん)

出身，畢業；來自某一學校、行業、團體等★山田さんと高橋さんはともに、東京

のうぎょうだいがく しゅっしん
農業大学の出身だ／山田小姐和高橋先生都是畢業於東京農業大學的校友。

【ベランダ】veranda

へや まど あ
陽台；走廊★部屋の窓が開いていた。
はんにん に
犯人はベランダから逃げたのだろう／房間的窗戶當時是開著的，犯人應該是從陽臺逃脫的吧。

【ピクニック】picnic

もり
郊遊，野餐★サンドイッチとコーヒーを持って、森へピクニックに行こう／帶著三明治和咖啡，我們去森林野餐吧！

【発つ】
た

あさ じ
出發，動身，啟程，離開★朝9時にこち
た ひるす ほんしゃ つ
らを発てば、昼過ぎには本社に着きます／如果早上9點從這裡出發，中午後就會到總公司了。

【下る】
くだ

はんけつ くだ
下達（命令）；宣判★判決が下る／案件宣判。

【現す】
あらわ

やまみち のぼ
顯現，顯露★山道を登っていくと、美し
さんちょう すがた あらわ
い山頂が姿を現した／爬上這條山路後，美麗的山頂風光在眼前展現無遺。

| とおる／通る | 通過、走過、合格、理解 |

【通り】
とお

大街，馬路★区役所はこの通りをまっす
い くやくしょ とお
ぐ行くと、左側にあります／只要沿著這
ひだりがわ
條街一直走，區公所就在左邊。

【通り】
とお

どうろ くるま とお すく
來往，通行★この道路は車の通りが少ない／這條路上車子很少。

【通り】
とお

すうがく もんだい せいかい
種類，種★数学の問題には、正解がひと
なんとお
つではなく何通りもあるものもある／數學題目的正確解法不只一種，有好幾種解法都能算出正確答案。

【改札口】
かいさつぐち

かいさつぐち で
檢票口★駅の改札口を出たところで、3
じ ま あ
時に待ち合わせをしましょう／我們3點在出了車站檢票口的地方見面吧。

【踏切】
ふみきり

あさ
（鐵路的）平交道，道口；（轉）決心★朝
とき ふみきり ぶんいじょう
夕のラッシュの時は、踏切が10分以上
あ
開かないこともある／在早晚通勤的交通尖峰期間，鐵路平交道的柵欄有時超過10分鐘都沒有升起。

【道路】
どうろ

ふ ゆき どうろ つ
道路★降った雪が道路に積もっているので、車の運転には気をつけてください／由於路上積了很多雪，請小心駕駛。

【近道】
ちかみち

おおどお
抄道，近路★大通りから行くより、こっ
ちかみち
ちのほうが近道ですよ／與其從大街走過去，不如抄這條近路哦。

【経由】
けいゆ

けいゆ
經過，經由★タイのバンコクを経由し
はい
て、インドに入った／途經泰國曼谷，最後抵達了印度。

【抜ける】
ぬ

穿過；通過狹窄的地方到對面★泥棒は路地を抜けて逃げていた／小偷鑽進巷子裡逃逃之夭夭了。

【通る】とおる
（考試、面試）合格★採用試験で失敗したと思って諦めていた会社に通った／錄用考試考差了，我正要放棄時卻收到了錄取通知。

【通る】とおる
穿過（物品、地方、場所）★糸が太くて針の穴が通らない／線太粗，無法穿過針孔。

【通す】とおす
穿過，穿通，貫通★ガラスは空気は通さないが、光や音は通します／空氣無法穿透玻璃，但光和聲音可以。

【見送る】みおくる
觀望；放過；擱置；暫緩考慮★残念ながら今回は採用を見送らせていただきます／很遺憾這次恕不能錄取您。

●Track-062

とく／解く 解開、解答

【クイズ】quiz
回答比賽，猜謎；考試★クイズ番組で優勝して、賞金100万円を手に入れた／我在益智競賽節目中獲得優勝，贏得了100萬圓的獎金。

【解決】かいけつ
解決★あなたの情報のおかげで、事件は無事に解決できました／多虧了你的情報，事件才能順利解決。

【解ける】とける
鬆開，解開★靴紐が解けたが、彼は気付いてない／鞋帶鬆了，但是他並未察覺。

【解く】とく
解開問題，解答★これは、小さな男の子がどんな事件の謎も解いてしまう話です／這是個由一名小男孩解開所有事件謎團的故事。

【解釈】かいしゃく
解釋，理解，說明★社長の「私が責任をとる」という言葉はどう解釈すればいいのか／我們該怎麼理解社長說的那句「我會負起全責」呢。

とける 融化、解開、融洽

【脂】あぶら
脂肪，油脂★健康のために、脂の少ない料理を食べるようにしています／為了健康著想，盡量攝取低油脂飲食。

【櫛】くし
梳子★子どもの頃、毎朝母が私の髪を櫛でとかしてくれました／小時候，每天早上媽媽都拿梳子幫我梳理頭髮。

【解ける】とける
融洽，隨便，放鬆★君の冗談のおかげで、緊張がすっかり解けたよ／多虧了你的玩笑話，我已經不那麼緊張了。

【溶ける】とける
溶解，融化★おしゃべりに夢中になってて、アイスクリームが溶けちゃった／

只顧著講話，冰淇淋都融化了。

【溶かす】

溶解，化開，溶入★この薬は、お湯で
よく溶かしてから飲んでください／這種
藥請放入熱水中完全溶解之後再行服用。

【溶く】

溶解，化開，溶入★粉薬を水で溶く／
將藥粉倒進水裡溶解。

【解く】

解，解開★靴紐を解かずに履く／不解
開鞋帶直接套進去。

ところ	地方

【地球】

地球★宇宙から見ると、地球は青く輝
いているそうだ／據說從宇宙看到的地球
閃耀著藍色的光芒。

【東洋】

東洋，東方，亞洲東部和東南部的總稱；
亞洲地區★沖縄県の宮古島の海岸は、東
洋一美しいと言われています／據說沖繩
縣宮古島的海岸是東洋最美麗的地方。

【都市】

都市，城市★大阪は、東京に次いで日
本で二番目に大きい都市です／大阪是
僅次於東京的日本第二大城。

【消防署】

消防局★駅前のビルから煙が上がって
いると、消防署に電話が入った／車站
前的大樓一冒出煙霧，消防署的電話就響
了。

【館】

旅館；大建築物或商店★休みの日は、美
術館や博物館を回ることが多いです／
假日我經常去美術館或博物館。

【所】

地點；特定地；表示特定地點的接尾詞★
バス会社の営業所で事務の仕事をしてい
ます／我在巴士公司的營業據點負責行政
事物。

【場】

場，場所★駐車場の車の上で、猫が昼
寝をしている／停車場裡的車子上，有一
隻貓正在午睡。

【室】

房間★室内にいながらサイクリングがで
きる／在室內就可以騎腳踏車做運動。

【点】

點，論點，觀點★今回変更されたルー
ルについて、良くなった点と問題点をあ
げます／關於這次更改的規則，我想提出
一些有所進步之處和有待商榷之處。

【センター】center

中心機構，中心設施★大学入試センター
が公表する／將由大學入學考試中心發
布。

【センター】center

中心，中央；棒球中場手★ゲームはセン
ター・サークルでのジャンプボールで開
始する／比賽於中圈跳球後開始。

【中心】

中心地，中央的位置★四角形の中心に

点を打つ／在四方形的中心做個記號。

【マンション】mansion

公寓大廈；(高級)公寓★宅配便はマンションの管理人さんが受け取ってくれます／快遞是由大廈管理員代收。

【風呂(場)】

浴室，洗澡間，浴池★その汚れた足を、まずお風呂場で洗ってきなさい／弄髒的腳請先在浴室清洗乾淨。

【洗面所】

化妝室，廁所★そんなに眠いなら、洗面所へ行って顔を洗って来なさい／這麼想睡的話，去洗手間洗個臉再回來吧。

【麓】

山腳★私の実家は、北海道の山の麓で旅館をやっています／我的老家在北海道的山腳下經營旅館。

【湖】

湖★富士山の周りには、富士五湖といって、五つの湖があります／富士山的周圍有被譽為「富士五湖」的五座湖泊。

●Track-063

とどく／届く	到達、達到

【突き当たり】

盡頭；道路再也走不過去的地方★公園は、この道をまっすぐ行った突き当たりです／沿著這條路一直走，走到盡頭就是公園了。

【目的地】

目的地★目的地の近くまで来ているはずなのだが、どの建物だか全然分からない／我應該已經到目的地附近了，但卻完全搞不清楚是哪棟建築。

【届く】

達到；夠得著；買得起★目標に届くには、日々地道に頑張るしかないと思っています／我認為，達成目標的唯一途徑是每天踏實的努力。

【届く】

到；收到★昨日インターネットで買った本が今日の午後届く予定です／昨天在網路上買的書預計今天下午就會到貨。

【上る】

達到，高達；上升★売上げはトータルで10億円以上に上った／銷售額達到10億圓以上。

ととのえる／整える	整理、整頓

【きちんと】

整潔，乾乾淨淨，整整齊齊★きちんと部屋の中を掃除する／把屋子打掃得整整齊齊。

【片付け】

收拾，整理★昨日は雨だったので、ドライブはやめて部屋の片付けをしました／因為昨天下雨，所以我沒有出門開車兜風，而是在家整理房間。

【調子】

身體或機械的運作情況★このお茶を飲

み始めてから、体の調子がいいんです
/自從開始喝這種茶之後，身體狀況就一
直很好。

【列】

隊列，隊；排列；行，列，級，排★白線
の内側に、3列になってお並びください
/請在白線內側排成3排。

【一列】

一列，一行，一排；第一排，第一列★お
会計の方は、この線に沿って一列にお
並びください/要結帳的貴賓，請沿著這
條線排成一列。

【順番】

輪班的次序，輪流，依次交替★診察券を
出してください。先に出した方から順
番に診察します/掛號時請出示掛號證。
我們將從先掛號的順序進行診療。

【セット】set

整理頭髮，做造型★結婚式に出席すると
き、髪型は美容院でセットするという方
が多い/很多人在出席婚禮前會先到髮廊
吹整髮型。

【整理】

整理，收拾，整頓；清理，處理★机の
上を整理すれば、なくなった物が出て
くると思うよ/我想，只要把桌面整理整
理，那些不見的東西就會出現哦。

【立てる】

立，豎★好きな漫画本を集めて、本棚に
立てて並べています/我收集了喜歡的漫
畫書，並放在書架上排好。

【片付く】

收拾整齊，整理好★部屋が片付いてい
る/房間整理得乾淨整齊。

【揃う】

（成套的東西）備齊，湊成一套，成對★
もう一冊あると全部揃う/現在再有一本
就全部齊了。

【揃える】

把必要的東西備齊★様々なニーズに対応
できる商品を揃えたい/我想備齊能夠滿
足顧客不同需求的各種商品。

【下げる】

撤下；從前撤去，收拾物品★すみませ
ん！皿を下げてください/不好意思！請
幫我們收一下盤子。

【繋がる】

排列，排隊★空港には手荷物検査を待
つ旅行客で長蛇の列が繋がっていた/
在機場，等待檢查手提行李的旅客排成了
長長的人龍。

【片付ける】

整理，收拾，拾掇★使った食器は洗っ
て、食器棚に片付けておいてください
/請把用過的餐具洗乾淨，然後放在餐具
櫃裏。

●Track-064

| とぶ／飛ぶ | 飛行、飛散 |

【球】

球★お父さん、もっといい球を投げてく
れないと、打てないよ/爸爸，如果你投

と

とぶ

不出像樣一點的球，我就沒辦法打了。

【航空便】こうくうびん

空運；航空郵件★この荷物をシンガポールまで航空便でお願いします／麻煩將這份包裹以空運方式寄到新加坡。

【ジェット機】jet き

噴氣式飛機，噴射機★大統領を乗せたジェット機が羽田空港に着陸した／總統乘坐的噴射機在羽田機場降落了。

【ロケット】rocket

火箭發動機；(軍)火箭彈；狼煙火箭★いつかロケットに乗って、宇宙から地球を見てみたい／總有一天我要搭上火箭，從外太空眺望地球。

【パイロット】pilot

(空)飛行員，飛機駕駛員，領航員★パイロットから、この後少し揺れます、と放送が入った／飛行員廣播說道：「稍後機身會有點搖晃」。

【空】くう

空中，上空，空間★伸ばした手は空を掴み、彼は海へ落ちて行った／他伸長了手抓向天空，終究沉入了海底。

【飛ばす】と

吹跑，吹起★今回の台風は被害が大きく、屋根を飛ばされた家も多い／這場颱風帶來極大的災害，很多房子的屋頂都被吹走了。

【飛ばす】と

濺起，飛濺，四濺★自動車が泥水を飛ばして通った／汽車濺起泥水呼嘯而過。

【飛ばす】と

放，發射★ここは風船を飛ばすにはもってこいの場所だ／這裡是放飛氣球的絕佳場所。

【跳ぶ】と

跳，跳起；跳過(順序、號碼等)★大きな音にびっくりした猫は、慌てて棚の上に跳び上がった／被巨大聲響嚇到的貓咪驚慌失措地跳到了架子上。

とまる	停下、停泊、堵塞

【じっと】

保持穩定，安安詳詳，一動也不動★彼女は石のようにじっと座っている／她像石頭一樣一動也不動地坐著。

【御休み】おやすみ

休息★「もしもし、林医院ですか。」「すみません、今日はお休みです。」／「喂，請問是林診所嗎？」「不好意思，我們今天休診。」

【休日】きゅうじつ

假日，休息日★先週休日出勤をしたので、今日はその代わりに休みをもらった／因為上星期的假日去上班了，所以今天得以補休一天。

【プラットホーム】platform

月臺；略稱為「ホーム」★4番線のプラットホームに特急列車が入って来た／特快車開進了4號月臺。

【ホーム】platform 之略

月臺★駅に着きました。5番線のホームのベンチで待ってます／我到車站了。我在5號月臺的長椅上等你。

【停留所】
公車站；電車站★中村橋行きのバスに乗って、北6丁目という停留所で降りてください／請搭乘開往中村橋的巴士，並在北六丁目這一站下車。

【港】
港口★神戸港に入港して来る豪華客船の写真を撮った／我拍攝了豪華客船駛進神戸港時的照片。

【ストップ】stop
止，停止，中止★連勝は3でストップした／連勝3次就停下來了。

【欠席】
缺席★先生が嫌いで毎週授業を欠席していたら、とうとう単位を落とした／由於討厭那個老師所以每星期都缺課，結果沒拿到那門課的學分。

【停電】
停電，停止供電★台風の夜、停電して真っ暗になった時は、怖くて泣きそうだった／颱風天的夜晚，停電之後四周一片漆黑，我害怕得差點哭了出來。

【溜まる】
(水、汗垢、壓力等事物)積攢，積存；積壓，停滯★労働条件が悪く、社員の間に会社への不満が溜まっている／工作條件惡劣，員工們對公司越來越不滿。

【詰まる】
塞満，擠満，堆満★月曜から予定が詰まっている／星期一起預定計劃排得滿滿的了。

【詰まる】
堵塞，不通★風邪を引いたのか、鼻が詰まって息が苦しいです／不知道是不是感冒了，鼻塞得喘不過氣來。

【流れる】
中止，停止★企画が流れた／企畫中止了。

● Track-065

| とめる | 停止、留下 |

【予防】
防犯，預防★風邪の予防には、手洗い、うがいが有効です／洗手和漱口能有效預防感冒。

【ブレーキ】brake
煞車；制止，控制★道路に猫が飛び出してきて、慌ててブレーキを踏んだ／貓從路邊衝了出來，我連忙踩了剎車。

【禁止】
禁止★ここから先は関係者以外、立ち入り禁止です／此處非相關人士禁止進入。

【禁煙】
禁止吸菸★禁煙席と喫煙席がございますが、どちらになさいますか／本店分為禁菸區和吸菸區，請問您要坐哪一邊呢？

【残す】
留下★朝起きたら妻が置手紙を残していった／早上起來一看，只見妻子留下一張字條便走了。

と
とめる

123

とる	抓、拿取

【省】
省略★この部分は省略です／這個部分省略。

【税金】
税金，税款★税金は安い方がいいが、何より正しく使われることが重要だ／雖然繳納的税金越少越好，但更重要的是必須用在真正需要的地方。

【警察官】
警察官，警官★市民の安全を守る警察官になるのが、子どものころからの夢だ／成為一名保衛公眾安全的員警是我兒時的夢想。

【巡査】
巡警★今は交番勤務の巡査だが、いつかは刑事になりたい／雖然現在只是派出所的巡警，但總有一天我要當上刑警！

【漁師】
漁夫，漁民★漁師だからといって、毎日魚ばっかり食べてるわけじゃない／即使我是漁夫，也不是每天都只吃魚。

【捕まる】
抓住，被捉住，逮捕；抓緊，揪住★車で人を轢いて逃げていた犯人が、ようやく捕まった／開車輾人後逃逸的犯人，終於被逮捕歸案了。

【押さえる】
抓住★裁判で勝てる証拠を押さえます／聲請保全證據以贏得訴訟。

とる／執る	辦理

【オフィス】office
辦公室；行政、警員辦事處；提供專業服務的事務所；郵政、銀行、商店等營業處★私は営業ですので、オフィスにはほとんどいません／我是業務員，所以幾乎不會待在辦公室裡。

【区役所】
（東京都特別区與政令指定都市所屬的）區公所★引っ越しをしたら、区役所で住所変更をしなければならない／搬家了以後，必須去區公所變更住址才行。

【市役所】
市政府，市政廳★子どもが生まれたので、市役所へ出生届を出した／因為孩子出生了，所以要去市公所提交出生證明。

【入国管理局】
入國管理局★入国管理局で外国人登録証明書の申請をしました／在入境管理局申請了外國人登錄證。

【庁】
官署；行政機關的事務所★東京消防庁で働いているお父さんが、僕の自慢です／擁有在東京消防署工作的父親是我的驕傲。

【道庁】
北海道的地方政府；「北海道庁」之略稱★北海道の道庁所在地は札幌です／北海道的行政機關位於札幌。

【府庁】

府辦公室★引っ越しをしたので、府庁
へ住所変更の手続きに行きました/因
為我搬家了，所以去政府機構辦理了變更
住址的手續。

【都庁】

東京都政府；「東京都庁」之略稱★都庁
の最上階からは東京の景色がよく見え
ます/從東京都政府的頂樓可以清楚看見
東京的景色。

【省】

（日本内閣的）省，部★それまでの文部
省と科学技術庁を併せて、今の文部科
学省が作られた/將從前的文部省和科學
技術廳合併後成立了現在的文部科學省。

●Track-066

| とる／取る | 除去、刪掉、剝落、取得 |

【削除】

刪掉，刪除，勾消，抹掉★インターネッ
ト上に私の写真が出ていたので、削除
を依頼した/由於我的照片被公佈在網路
上，因此我要求予以刪除。

【タオル】towel

毛巾；毛巾布★洗った髪を、乾いたタオ
ルで拭いて乾かします/用乾毛巾將洗淨
的頭髮擦乾。

【歯磨き】

刷牙；牙刷；牙膏；牙粉★歯医者さんで、
正しい歯磨きの仕方を教えてもらいま
した/牙醫教了我正確的刷牙方式。

【掃除機】

除塵機，吸塵器★子どもたちが床にこぼ
したパンやお菓子を掃除機で吸います
/孩子們用吸塵器清理掉落到地板上的麵
包屑和餅乾渣。

【首】

撤職，解雇，開除★今日でお前は首だ
/你明天不用來上班了！

【免許】

（政府機關）批准，許可；許可證，執照★
車の免許は持っていますが、もう10年
以上運転していません/雖然我有駕照，
但已經10年以上沒開過車了。

【責任】

責任，職責★大会で負けたので、監督
が責任を取って辞めることになった/
輸掉大賽後，教練主動辭職以示負責了。

【省略】

省略，從略★以下は、昨年の資料と同じ
ですので、省略します/以下和去年的
資料相同，予以略過。

【外す】

取下；卸下；摘下，解開★めがねを外し
たらものすごい美人だった/摘下眼鏡的
她真是個絕世美女啊！

【拭く】

擦，抹★父は、眼鏡を拭きながら、私の
話を黙って聞いていました/當時父親一
邊擦拭眼鏡，一邊默默地聽我說話。

【抜く】

消掉，除掉，清除★タイヤの空気を抜く
/放掉輪胎的氣。

【抜く】

省略★ダイエット中に朝食を抜くと太る？／減重期間不吃早餐會變胖嗎？

【抜ける】

脱落，落掉★この頃、髪の毛がよく抜けるんだ。心配だなあ／最近經常掉髮。好焦慮啊。

【剝く】

剝，削，去除★りんごの皮を剝いて、ジュースを作ります／把蘋果削皮後打成果汁。

【剝ける】

剝落，脱落★封筒を貼るアルバイトで、指先の皮が剝けてしまった／由於兼差黏貼信封袋，使得我的手指頭破皮了。

なおす	修理、校正、治療

【修理】

修理，修繕★パソコンの調子が悪いので、修理に出すことにした／因為電腦壞了，所以決定送去修理。

【治療】

治療，醫療，醫治★病気の治療のために、1年間会社を休職しています／為了治療疾病，我向公司請了一年的假。

【手術】

手術★先日胃の手術をしたので、柔らかいものしか食べられないんです／我前幾天動了胃部的手術，所以只能吃流質的食物。

【包帯】

（醫）繃帶★手術をした右足には、白い包帯が巻かれていた／動了手術的右腳用白色的繃帶包紮起來了。

【医師】

醫生，大夫；以傷病的診察、治療為職業的人，現在受到醫師法的規範★将来は、人の命を救う医師になりたいと思っています／我將來想成為拯救人命的醫師。

【保健所】

保健所，衛生所★心配なら、保健所の健康相談に行ってみたら？／如果你擔心的話，要不要去衛生所的健康諮詢室呢？

【直す】

修理，恢復，復原★雨漏りで壊れた屋根を直した／修好了被雨水滲漏侵蝕的屋頂。

【直す】

修改，訂正；矯正★先生、日本語で作文を書きました。直して頂けませんか／老師，我用日文寫了作文，可以請您幫我修改嗎？

【治す】

醫治，治療★仕事のことは心配せず、ゆっくり体を治してください／請不要掛心工作，好好休養，把病治好。

●Track-067

ながれる／流れる	流動、播放

【血液】

血，血液★血液検査で異常が見つかりました。再検査をしてください／在血液検査項目中發現了異狀。請再接受一次檢查。

【流す】
沖走；倒；潑★豪雨が人家を流した／大雨沖走房屋。

【流す】
播放★説明会が始まるまでの間、会場では会社を紹介するビデオが流された／在說明會開始之前，會場上播放了介紹公司的影片。

【流れる】
播放★そのレストランには、静かなクラシック音楽が流れていた／那家餐廳當時播放著優雅的古典樂。

【流れる】
液體流動★埼玉県は多くの川が県内を流れている／埼玉縣境內有多條河川。

なくす	丟失、失去

【マイナス】minus
虧損，虧欠；不足★外国人客の売り上げはマイナス8.4%でした／外籍顧客的銷售額虧損了8.4%。

【損】
虧損，虧★株安でかなりの損になった／由於股票下跌而損失慘重。

【失業】
失業★会社を首になって、今失業中なんだ。旅行どころじゃないよ／我被公司解雇，目前失業中，這個節骨眼上哪有可能去旅遊啊。

【外す】
錯過，失掉★絶好のタイミングを外してしまった／錯過了絕佳的時機。

なくなる	沒了、消失、斷了

【無】
不，無，沒有，缺乏★「あの男はずいぶん無遠慮だな。」「彼は無器用なだけですよ。」／「那個男人很不拘小節耶。」「他只是笨手笨腳而已啦。」

【空】
空虛，空的★計画は失敗し、一切が空に帰した／計畫失敗了，一切都化為烏有。

【不足】
不夠，不足，短缺；缺乏★君には知識はあるかもしれないが、経験が不足しているよ／或許你具有知識，但是經驗不足啊。

【抜ける】
（原有的氣勢、力量、狀態、性質等）缺少，消失★タイヤの空気が抜けて困っています／輪胎漏氣了，不知如何是好。

【切れる】
斷了，斷開★お風呂の電球が切れたから、新しいのを買っておいた／因為浴室用的燈泡保險絲斷了，所以我買來新的。

【流れる】

127

流産★彼女は過労でおなかの子が流れた／她因為過勞而流產了。

【散る】

消除；止住★痛みが散る／止痛。

【隠れる】

隱藏；躲藏★そこに隠れているのは誰だ？諦めて出て来なさい／是誰躲在那裡？不用躲了，快點出來。

【乾く】

乾，乾燥；因熱度而喪失了水分★今年の冬はほとんど雨が降らず、空気が乾いている／今年冬天幾乎沒有下雨，空氣十分乾燥。

【乾かす】

曬乾；晾乾；烤乾★食器は乾燥機で乾かしてから、食器棚にしまいます／餐具經過乾燥機烘乾之後，再放進餐具櫃裡。

なのる／名乗る	自稱

【名字・苗字】

姓，姓氏★よかったら、名字じゃなくて下の名前で呼んでください／不嫌棄的話，請不必以姓氏稱呼，直接叫我的名字吧！

【氏名】

姓與名，姓名★解答用紙の右上に受験番号と氏名を記入してください／請在答案卷的右上方填寫准考證號碼和姓名。

【宛名】

收件人姓名，住址★宛名の住所が間違っていて、出した小包が戻って来た／由於寫錯了收件人的住址，寄出的包裹被退回來了。

【タイトル】title

官銜，頭銜，稱號，職稱★ヘビー級王座を含めて、三つのタイトルを持っている／他擁有包含重量級冠軍在內的3個頭銜。

● Track-068

ならす／鳴らす	鳴、響

【ぎりぎり】

嘎吱嘎吱★ぎりぎりと歯ぎしりする／咬得嘎吱嘎吱地響。

【演奏】

演奏★3時から中央広場でバイオリンの演奏があります／3點開始在中央廣場有小提琴的演奏。

【ジャズ】jazz

（樂）爵士音樂★ジャズ喫茶でピアノを弾くアルバイトをしています／我在爵士咖啡館裡兼職彈鋼琴。

【ロック】lock

搖滾，搖滾樂★ロック歌手を夢見る／夢想成為搖滾歌手。

【曲】

曲調；歌曲★これって、いつもお父さんがカラオケで歌う曲だよ／這是爸爸每次去卡拉OK時必唱的曲目哦！

【テーマ】theme

（交響曲的）主旋律★テーマ・ソングが
完成しました／主題歌製作完成了。

【調子】

腔調，語調，語氣，口氣★激しい調子
で批判している／持續提出強烈抨擊。

【チャイム】chime

（學校、教堂、公司等的）鈴聲★授業終
了のチャイムが鳴ったとたん、彼は教
室を飛び出した／下課鐘聲才剛響起,他
就飛奔出教室了。

【バイオリン】violin

小提琴★姉のピアノと私のバイオリン
で、演奏会を開きます／姐姐彈鋼琴、我
拉小提琴，我們一起開了演奏會。

【音楽家】

音樂家★このコンサートには世界中か
ら有名な音楽家が集まっている／這場
音樂會有來自世界各地的著名音樂家共襄
盛舉。

【ミュージシャン】musician

音樂家★大好きなミュージシャンのCD
が発売されるので予約した／因為最喜歡
的音樂家即將發行CD，我已經預約了。

【ピアニスト】pianist

鋼琴師，鋼琴家★結婚式場でピアニス
トのアルバイトをしています／我的兼職
工作是在結婚會場當鋼琴師。

【鳴る】

鳴，響★さっきから、おなかがグーグー
鳴ってるけど、朝ご飯ちゃんと食べた

の／從剛才開始你的肚子就一直咕嚕咕嚕
叫，你有好好吃早餐嗎？

【鳴らす】

鳴，弄響，使…發聲★気分が悪くなった
ときは、このベルを鳴らしてください／
感到不適的時候，請按這個鈴。

| なる／成る | 做好、完成 |

【合格】

及格；合格★神社の前には、神様に合
格をお願いする受験生の列が続いてい
た／在神社的前方，向神明祈求通過考試
的考生排成一條綿延不絕的人龍。

【結果】

結出果實，結實★りんごの結果期／蘋果
的結果期。

【完成】

完成，落成，完工，竣工★10年かけて
完成させた小説が、文学賞を受賞した
／那部耗費10年才完成的小說獲得了文
學獎。

【成功】

成功，成就，勝利；功成名就，成功立業
★世界でも例の少ない、難しい心臓の
手術に成功した／成功完成了屬於全球
罕見病例且相當困難的心臟手術。

【纏まる】

歸納起來，概括起來，有條理，有系統
★色々考えてきて、やっと考えがまと
まった／經過多方思考後，終於得出了結
論。

にる／似る | 相像、類似

【まるで】
好像，就像…一樣，宛如；彷彿★あの二人（ふたり）が実（じつ）は兄弟（きょうだい）だったなんて。まるでドラマみたい／那兩個人居然是兄弟！簡直就像電視劇一樣。

【偽（にせ）】
假，假冒；贋品；模擬東西進行製造，亦指這種製品★偽警察官（にせけいさつかん）がお年寄（としよ）りからお金（かね）を盗（ぬす）む事件（じけん）が続（つづ）いている／冒牌員警竊取年長者金錢的案件還在持續增加。

【そっくり】
一模一樣，極其相似★あの親子（おやこ）は顔（かお）だけじゃなく、性格（せいかく）もそっくりだね／那對父子不僅長相相似，連個性也幾乎一樣。

【似（に）せる】
模仿，仿效；偽造★あなたのお母（かあ）さんの味（あじ）に似（に）せて作（つく）ってみたけど、どう？／我試著照你媽媽的方法做了菜，味道怎麼樣？

● Track-069

にる／煮る | 煮

【鍋（なべ）】
鍋子；火鍋★電子（でんし）レンジ壊（こわ）れてるから、牛乳（ぎゅうにゅう）は鍋（なべ）で温（あた）めてね／因為微波爐壞了，牛奶就用鍋子加熱吧！

【炊飯器（すいはんき）】
電子鍋，電鍋★高（たか）い炊飯器（すいはんき）で炊（た）いたご飯（はん）は、やっぱり味（あじ）が違（ちが）うのかな／用昂貴

的電鍋煮出來的飯，味道真的不同嗎？

【茹（ゆ）でる】
（用開水）煮，燙★蕎麦（そば）はたっぷりの湯（ゆ）で茹（ゆ）でたら、すぐに氷水（こおりみず）で冷（ひ）やします／蕎麥麵用大量的熱水燙過之後，馬上放進冰水中冷卻。

【煮（に）る】
煮，燉，熬★この魚（さかな）は、煮（に）ても焼（や）いてもおいしいですよ／這種魚無論是用煮的還是用烤的都很美味哦。

【煮（に）える】
煮熟，煮爛；水燒開★鍋（なべ）の中（なか）の野菜（やさい）が煮（に）えたら、砂糖（さとう）と醤油（しょうゆ）で味（あじ）をつけます／鍋子裡的蔬菜煮好後，再用砂糖和醬油提味。

【炊（た）く】
點火，燒著；燃燒；煮飯，燒菜★ご飯（はん）をたくさん炊（た）いて、おにぎりを作（つく）りましょう／我們煮很多米飯來做飯糰吧。

【炊（た）ける】
燒成飯，做成飯，把飯煮熟★朝（あさ）7時（じ）に炊（た）けるように、炊飯器（すいはんき）をセットしました／我把電鍋設定在早上7點自動煮飯了。

【沸（わ）く】
沸騰，燒開，燒熱★お湯（ゆ）が沸（わ）いたら、お茶（ちゃ）をいれてもらえますか／熱水沸騰後可以幫我泡茶嗎？

【蒸（む）す】
蒸，熱（涼的食品）★この鍋（なべ）で、いろいろな野菜（やさい）を蒸（む）して食（た）べます／用這個鍋子蒸各種蔬菜來吃。

ぬれる／濡れる	濕潤

【湿気】

濕氣★梅雨の時期は部屋の湿気が酷くて、病気になりそうだ／梅雨季節房間裡濕氣很重，感覺好像快要生病了。

【湿度】

濕度★絵画の保存のために、部屋の温度と湿度を自動で管理しています／為了保存畫作，房間裡的溫度和濕度都採用自動管理系統。

【濡らす】

浸濕，淋濕，沾濕★コップを倒して、大事な書類を濡らしてしまった／把杯子碰倒，弄濕了重要的文件。

ねむる／眠る	睡覺

【ぐっすり】

熟睡，酣睡★さあ、今夜はぐっすり眠って、明日からまたがんばろう／好了，今晚就好好睡一覺，明天再加把勁吧！

【お休みなさい】

晚安★明日早いから先に寝るね。おやすみなさい／因為明天要早起，我先睡了哦。晚安！

【お休み】

晚安；再見；您歇著吧★お母さん、お休みなさい／媽媽晚安。

【お休み】

睡覺，就寝★ご両親はもうお休みですか／您的父母睡了嗎？

【夢】

夢，夢境★最近毎日のように夢を見ている／最近幾乎天天做夢。

【毛布】

毛毯，毯子★やっぱりウール100パーセントの毛布は暖かいなあ／百分之百的羊毛毯果然很暖和啊！

【枕】

枕頭★ホテルの枕は合わないので、自分用の枕を持ち歩いています／飯店的枕頭我睡不習慣，所以總是自己帶枕頭去。

【寝室】

寝室，臥室★寝室のカーテンを開けると、窓の外はもう明るかった／一拉開臥室的窗簾，就看見窗外已經天亮了。

【眠る】

睡覺★母親の腕の中で眠る子どもは、微笑んでいるように見えた／睡在母親懷裡的孩子看起來似乎正在微笑。

ねらう	瞄準

【的】

關於，對於★政治的な観点から見たほうがいい／從政治角度探討這件事較為恰當。

【狙い】

目標，目的；瞄準，對準★この授業の

狙（ねら）いは、生徒に考（かんが）える力（ちから）をつけること
です／本課程的教學目的是培養學生們思
考的能力。

【目的（もくてき）】

目的，目標★私（わたし）の旅行（りょこう）の目的（もくてき）は、この列（れっ）
車（しゃ）に乗（の）ることなんです／我這趟旅行目的
是搭乘這輛火車。

● Track-070

のぞむ／望む	要求、希望、期望

【お待（ま）ちください】

請稍等★順番（じゅんばん）にお呼（よ）びしますので、こ
ちらでお待（ま）ちください／我們會按順序叫
號，請您在此稍等片刻。

【お待（ま）ちどおさま】

讓您久等★はい、おまちどおさま。熱（あつ）い
うちに食（た）べてくださいね／來，讓您久等
嘍。請趁熱吃喔。

【是非（ぜひ）】

務必★当社（とうしゃ）の新製品（しんせいひん）を、皆様（みなさま）ぜひお試（ため）
しください／請各位務必試試本公司的新
產品！

【希望（きぼう）】

希望，期望，願望★お荷物（にもつ）はお客様（きゃくさま）のご
希望（きぼう）の日時（にちじ）にお届（とど）け致（いた）します／行李將在
您指定的日期時間送達。

【やる気（き）】

幹勁，想做的念頭★やる気（き）はあるんだけ
ど、ちょっとやるとすぐにゲームがした
くなっちゃうんだ／雖然我很想用功，但
才剛開始念書，馬上又想打電玩了。

【夢（ゆめ）】

夢想，幻想；理想★将来（しょうらい）、動物（どうぶつ）のお医者（いしゃ）
さんになるのが僕（ぼく）の夢（ゆめ）です／我的夢想是
成為獸醫師。

【楽（たの）しみ】

期待★田中君（たなかくん）は非常（ひじょう）に優秀（ゆうしゅう）な学生（がくせい）で、
将来（しょうらい）が実（じつ）に楽（たの）しみだ／田中同學是非常優
秀的學生，我們殷切期盼他光輝的未來。

【羨（うらや）ましい】

羨慕的，眼紅的★君（きみ）の奥（おく）さんは優しくて
料理（りょうり）も上手（じょうず）で…本当（ほんとう）に君（きみ）が羨（うらや）ましいな
あ／尊夫人既溫柔又擅長料理…，真讓人
羨慕啊。

【想像（そうぞう）】

想像★あなたの犬（いぬ）がもし人間（にんげん）の言葉（ことば）を
話（はな）せたら、と想像（そうぞう）してみてください／請
想像一下你養的狗開口說人話的情景。

【望（のぞ）む】

希望，願望，期望，指望，要求★なんで
も自分（じぶん）の望（のぞ）んだ通（とお）りになる人生（じんせい）なんて、
つまらないよ／事事順心的人生很無聊哦。

【渇（かわ）く】

渴，乾渴；渴望，內心的要求★喉（のど）が渇（かわ）
いたなあ。ちょっと冷（つめ）たいコーヒーでも
飲（の）もうか／口好渴哦。要不要來喝杯冰咖
啡？

のばす／伸ばす	伸展、展開、拉長

【伸（の）ばす】

延長，拉長，放長★車の寿命を伸ばす
／延長車子的壽命。

【伸ばす】

伸展，伸開；挺直★彼は手を伸ばして
宝を取ろうとしたが、届かなかった／
他伸長了手想拿寶藏卻搆不到。

【伸びる】

（長度等）伸長，變長，長長★浩ちゃん、
しばらく見ないうちに、ずいぶん背が伸
びたわね／才一陣子不見，小浩已經長這
麼高了呀。

【下ろす】

紮（根）；伸展★草が生えないような所
でも根を下ろす／縱使是在寸草不生的地
方也要向下扎根。

【広げる】

開；打開；翻開；攤開；撐開，張開★父
親は両腕を大きく広げると、走って来る
娘を抱き上げた／父親張開雙臂，抱起了
朝他跑來的女兒。

● Track-071

のむ／飲む 喝

【茶】

茶水★皆さんはおいしいお茶を飲んで
いますか／大家都在享用著香醇的茶嗎？

【ジュース】juice

果汁，汁液，糖汁，肉汁★サンドイッチ
とオレンジジュースをください／請給我
三明治和柳橙汁。

【ミルク】milk

牛奶；煉乳★コーヒーに砂糖とミルクは
お使いになりますか／請問您的咖啡要加
砂糖和牛奶嗎？

【酒】

酒的總稱，日本酒，清酒★スーパーでお
酒を買おうとしたら、年齢を聞かれた
／我去超市打算買酒，結果被問了年齡。

【酒】

酒的總稱★日本酒は温めて飲んでもお
いしいのを知っていますか／你知道日本
酒温熱飲用也很好喝嗎？

【ビール】(荷) bier

啤酒★冷たくておいしい。夏はやっぱ
りビールだなあ／好冰好美味！夏天果然
就是要喝啤酒啊！

【ワイン】wine

葡萄酒；水果酒；洋酒★この料理には、
香りの高い白ワインが合います／這道料
理配白葡萄酒很對味。

【味噌汁】

味噌湯★私が熱を出した時、娘が豆腐の
味噌汁を作ってくれた／我發燒的時候，
女兒煮了豆腐味噌湯給我喝。

【スープ】soup

湯；多指西餐的湯★当店では、魚とトマ
トのスープが人気メニューです／本店
的鮮魚番茄湯很受歡迎。

【湯飲み】

茶杯，茶碗★会議でお茶を出すので、
湯飲みを人数分用意してください／因
為在會議上要供應與會者茶水，所以請按
照人數準備茶杯。

のる | 乘坐

【車】

車，車輛★火事のようだ。大通りを消防車が何台も走って行った／好像是失火了。馬路上有好幾輛消防車飛快地開過去了。

【バン】van

箱型貨車★友達のバンを借りて、家族でキャンプに行った／向朋友借了箱型車和家人去露營。

【バイク】bike

腳踏車；摩托車；「モーターバイク」之略稱★車は渋滞があるので、バイクで通勤しています／因為開車會被塞在路上，所以都騎機車通勤。

【列車】

列車，火車★実家は列車で2時間ほどの田舎町にあります／我的老家在鄉下的村落，搭火車大約要2個小時。

【新幹線】

日本鐵道新幹線★大阪から九州へ行くとき、新幹線は海底トンネルを通ります／從大阪搭新幹線到九州時會經過海底隧道。

【定期券】

定期車票；月票★大学へは週に三日しか行かないので、定期券は買っていません／我每個星期只有3天要去大學，所以沒有購買月票。

【回数券】

回數券，用一次撕一張的車票★月に一回病院に通うために、バスの回数券を買っています／因為每個月要去醫院一次，所以我買了巴士的回數票。

【(自動)券売機】

自動販賣機★青色の自動券売機で定期券を買う／在藍色的自動售票機購買月票。

【車掌】

乘務員，列車員★新幹線の車内では、車掌が特急券の確認をします／在新幹線的車廂裡，乘務員會確認乘客所持的特快車票。

【客室乗務員】

車、飛機、輪船上的服務員★飛行機の中でおなかを壊し、客室乗務員に薬をもらった／在飛機上鬧肚子了，所以向空服員索取了藥品。

【フライトアテンダント】flight attendant

空服員★フライトアテンダントになるために、専門学校に通っています／為了成為空服員而正在就讀職業學校。

【積む】

裝載★汽車に木材を積む仕事をしていた／我做過把木材裝載上車的工作。

【乗せる】

裝上，裝載，載運；(使)搭乘★女の子を自転車の後ろに乗せて、下り坂を走りたいなあ／真希望載個女孩子在自行車後座一路騎下坡道啊！

はいる／入る	進、進入

【下】
…的情況下，…的狀態下★18世紀のブラジルはポルトガルの支配下にあった／18世紀的巴西隸屬於葡萄牙的統治。

【湾】
灣，海灣★これは今朝、東京湾で獲れた魚です／這是今天早上在東京灣捕獲的魚。

【地下】
地下，地底下，地下室★歓迎会の会場は、Aホテルの地下一階にある日本料理店です／迎新會設宴於A飯店地下一樓的日本料理店。

【穴】
孔，眼；洞，窟窿；墓穴，墳墓★とても恥ずかしいとき、「穴があったら入りたい」といいます／覺得很難為情的時候，會說「真想找個地洞鑽進去」。

【チケット】ticket
票，券，飯票，車票，入場券，機票★人気グループのコンサートのチケットが手に入った／我拿到了當紅團體的演唱會門票！

【奥】
裡屋；裡院；宅邸裡；內宅★奥の部屋で祖父が寝ていますので、お静かに願います／爺爺在裡面的房間睡覺，所以請保持安靜。

【刺さる】
紮，紮進，刺入★何か痛いと思ったら、布団に針が刺さっていたよ／不知道為什麼覺得有點痛，這才發現原來棉被上紮著一根針。

【割り込む】
擠進，插隊★列に割り込まないで、ちゃんと後ろに並んでください／不要插隊，請去後面排隊。

はえる／生える	生、長

【髪の毛】
頭髮★落ちていた一本の髪の毛から、犯人が分かったそうだ／據說已經從掉在現場的一根頭髮，查出兇手是誰了。

【眉毛】
眉毛★木村さんちの家族は全員眉毛が太いからすぐ分かる／木村先生全家都是粗眉毛，所以馬上就能認出來了。

【まつ毛】
睫毛★木村さんは目が大きくてまつ毛が長くて、女優さんみたいですね／木村小姐的眼睛很大，睫毛也很長，簡直就像女演員一樣。

【かび】
黴菌★冷蔵庫の奥からかびの生えたパンが出てきた／從冰箱最裡面挖出了發黴的麵包。

【張る】

（事物的一端向外延伸，像佈陣一樣地展開）伸展，延伸★この木は深く根が張っている／這棵樹的根扎得很深。

【付く】

生，長；長進，增添，提高★最近お腹に肉が付いてしまった／最近肚子長了贅肉。

【生やす】

使生長；留（鬍子）★どうも子どもっぽく見られるから、髭を生やしてみたけど、どうかな／因為總被人說是娃娃臉，所以我試著留了鬍子，看起來怎麼樣？

【生える】

（草，木等）生長★ほら、息子の口に、前歯が2本生えてきたのが見えるでしょう／你瞧，可以看到我兒子嘴裡有兩顆剛長出來的門牙吧？

はかる／計る　計算、測量

【桁】

數字的位數★ボーナスが出ると聞いて喜んでいたけど、これじゃあ一桁少ないよ／雖然聽到有獎金很開心，卻比心裡預期的少了一個位數啊。

【畳】

（計算草蓆、席墊的量詞）塊，疊；重疊，疊放★このアパートの間取りは2DKで、部屋は6畳と4畳半です／這間公寓的格局是兩房一廳一廚，房間分別是六張和四張半榻榻米大小。

【トン】ton

（重量單位）噸，公噸，一千公斤★10トンもの土を積んだ大型トラックが工事現場に入って来た／一輛裝載了多達10噸泥土的大型卡車開進了工地。

【センチ】centimeter

釐米，公分★あと5センチ身長があれば、理想的なんだけどなあ／如果能再長個5公分，就是完美身高了啊！

【ミリ】（法）millimetre 之略

毫，千分之一；毫米，公釐★肉は食べやすい大きさに、野菜は5ミリの厚さに切ります／把肉切成容易入口的大小，並把蔬菜的厚度切成5毫米。

【秒】

秒★人の一生を80年とすると、80年は約3万日、約2億5千万秒だ／假設人可以活到80歲，80年大約是3萬天，也就是3億5000萬秒左右。

【度】

次數，回數★3度目の正直といって、3度頑張れば大抵のことはうまくいくものだよ／「第3次就會成功」的意思是只要努力3次，多數事情都會順利的喔。

【度】

度數★メガネをかけると度が進む？／戴眼鏡會加深度數嗎？

【度】

度，溫度★温度は40度にする／將溫度設定在40度。

【度】

度；經緯度；角度★コーヒーは南北緯
25度で育ちます／咖啡豆的栽種地區位
於南北緯25度線上。

【温度】
温度；熱度★環境のため、エアコンの
設定温度を守ってください／為了環保，
請遵守空調的設定温度。

【分】
部分★給料が減った分を別のアルバイ
トで補う／減少的薪水靠其他兼職收入添
補。

【金】
金錢★金一千万円也／日幣一千萬圓整。

はく	穿

【ハイヒール】high heel
高跟鞋★今日はハイヒールを履いてい
るので、そんなに走れません／因為我
今天穿高跟鞋，沒辦法跑太遠。

【パンプス】pumps
女用的高跟皮鞋，淑女包鞋★仕事で履く
ので、歩き易いパンプスを探していま
す／我想買一雙工作用的輕便包鞋。

【スニーカー】sneakers
球鞋，運動鞋★山へハイキングに行くの
で、スニーカーを買った／因為我要去山
上健行，所以買了運動鞋。

【草履】
草履，草鞋★お正月に着る着物に合わ
せて、草履を買った／買了一雙草履來

搭配新年要穿的和服。

【踵】
鞋後跟★彼女は派手なドレスを着て、
かかとの高い靴を履いていた／她穿著
華麗的裙子和高跟的靴子。

【パンツ】pants
內褲；短褲；運動短褲★男はパンツの
ポケットに両手を入れて立っていた／
當時男子站著，雙手插在褲子的口袋裡。

【ジーンズ】jeans
牛仔褲；粗斜紋棉布★パーティーにジー
ンズを履いてくるとは、常識に欠ける
なあ／居然穿牛仔褲參加酒會！真是沒常
識。

【ソックス】socks
短襪★制服のソックスは、白か黒に決
まっています／制服的襪子必須是白色或
黑色。

【ストッキング】stocking
絲襪；褲襪；長筒襪★このハイヒールに
は、もっと色の薄いストッキングが合う
と思う／我覺得這雙高跟鞋適合顏色淺一
點的絲襪。

はじまる／始まる	開始

【初】
初，始；首次，最初★日本語の授業は、
初級クラスと中級クラスがあります／
日語課程分為初級班和中級班。

【スタート】start

出發點，開端；起動，開始★会社を作って新しいスタートをきる／開創公司重新出發。

【始め】

頭一個，前者，初，始；許多中的第一個，亦指前面的東西★はじめが男の子で次が女だ／頭一個是男孩，第二個是女孩。

【始め】

開頭，初，始，起先；剛開始不久的階段，時候★論文の始めと終わりだけ読んでレポートを書いた／我只讀了論文的開頭和結尾就寫了報告。

【始まり】

開始，開端；起源★君と出会ったときが、僕の人生の始まり、といえる／和你相遇的瞬間，可以說是我人生的開始。

【兆】

徵兆★災いの兆／大禍臨頭的預兆。

【年始】

年初；賀年，拜年★お世話になった先生のお宅へ、年始のご挨拶に伺った／我去了受到關照的老師家拜年。

【年末年始】

年底與新年★病院や交通機関など、年末年始でも仕事が多くて、休めない／在醫院和交通運輸機構工作的人員，即使在歲末年初之際也不能休假，工作十分繁重。

【誕生】

成立，創立，創辦★東京に新しい観光名所が誕生した／東京又誕生了一個觀光新景點。

【開く】

（專務，業務）開始；開張★広島で国会が開かれた／在廣島國會開始舉辦。

はしる／走る	奔馳、奔流

【ドライブ】drive

開車遊玩；兜風★車を買ったので、勇気を出して、和子さんをドライブに誘ってみた／我買了一輛車，於是鼓起勇氣，試著邀請和子小姐去兜風。

【コース】course

路線，（前進的）路徑；跑道★走るコースは、事前に決めておく／事先決定好跑步的路徑。

【トラック】track

（操場，運動場，賽馬場的）跑道★トレーニングのために、大学のトラックを一日10 km走っています／為了鍛鍊而每天沿著大學操場跑道跑10公里。

【飛ばす】

疾駛，奔馳，飛奔★運転手さんは猛スピードで車を飛ばしています／駕駛開著車子疾速飛馳。

【流す】

使漂浮；使流走★小舟を流す／讓小船隨流而去。

はたらく／働く	工作、勞動

【手】
有一技之長者★日本にも素晴らしいオリンピック選手がいっぱいいる／日本也有相當多出色的奧運選手。

【エンジニア】engineer
工程師；技師★車や飛行機を作る会社でエンジニアとして働きたい／我想在生産汽車或飛機的公司擔任工程師。

【介護士】
看護人員★介護士の資格を取って、老人ホームで働きたい／我想考取看護人員的證照，去養老院工作。

【看護師】
護士，看護★看護師さんが優しくしてくれるから、退院したくなくなっちゃった／護士的溫柔照料，讓我都不想出院了。

【通勤】
通勤，上下班★通勤ラッシュがひどいので、一時間早く出勤している／因為通勤的尖峰時段交通十分壅塞，所以總是提早一個小時去上班。

【働き】
功績；勞動所得，收入★A社と契約が取れたのは、君の働きのおかげだ。よくやった／能和A公司簽約全是你的功勞。做得好！

【働き】
勞動；工作★村を離れて働きに出る／

離開村子去外地工作。

【パート】part time 之略
短時間勞動，部分時間勞動★うちの店はなぜか正社員よりパートの方が仕事ができるんだ／不知道什麼原因，我們店裡的工讀生比正式員工還要能幹。

【会社員】
公司職員★父は食品会社の会社員、母は中学校の音楽の教師です／我爸爸是食品公司的職員，媽媽是中學的音樂老師。

【サラリーマン】salariedman
薪水階級，職員★サラリーマン人生30年、家族のために、できない我慢もしてきました／過了30年工薪階層的人生，為了家人，所有不能忍的事我都忍了。

【銀行員】
銀行行員★銀行員だからといって、一日中お金を数えてるわけじゃないよ／雖說是銀行職員，但也不是一整天都在數錢呀。

【行員】
銀行職員★大きな銀行の行員にしては、着ているものが安っぽいなあ／以一家大銀行的行員而言，身上穿的衣服感覺很廉價哪。

【駅員】
車站工作人員，站務員★電車の中に傘の忘れ物があったので、駅員さんに届けた／因為在電車裡發現了別人遺落的傘，所以送去給站務員了。

【ウェーター・ウェイター】waiter

男服務員★ウェーターにメニューを持って来るように頼んだ／我請服務生拿菜單過來。

【ウェートレス・ウェイトレス】
waitress

女服務員★留学中は喫茶店でウェイトレスのアルバイトをしていました／留學時曾在咖啡廳當女服務生半工半讀。

【残業】

加班★残業して、うち帰って、ご飯食べて寝るだけ、悲しい人生だなあ／每天就只有加班、回家、吃飯睡覺，真是悲哀的人生啊。

| はなす／離す | 離開、間隔 |

【毎】

毎，每隔一段間隔★半年ごとに歯医者で、虫歯がないかチェックしてもらっている／每半年去一趟牙科檢查是否有蛀牙。

【離す】

使…離開，使…分開；隔開，拉開距離★お祭りの会場では、お子さんから目を離さないようにお願いします／在祭典的會場上，請不要讓孩子離開您的視線。

【空ける】

空開；隔出間隔★1行あけてから、2行目をかきます／空出一行，從第二行開始書寫。

| はなす／話す | 說、談話 |

【おい】

喂，欸；哎，呀★おい、一番前で寝てる君、起きなさい、授業中だぞ／喂，坐在第一排睡覺的那位，起床了，現在在上課哦。

【はっきり】

斬釘截鐵，直截了當★私の考えに賛成なのか、反対なのか、はっきりしてください／你是贊成我的想法呢，還是反對呢，請好好講清楚。

【やり取り】

交換，互換，互贈★彼女とは、年に一、二度メールのやり取りをするだけの仲です／我和她只是每年傳個一兩次訊息的朋友而已。

【コミュニケーション】
communication

（語言、思想、精神上的）交流，溝通；通訊，報導，信息★趙さんは日本語が下手だが、コミュニケーション能力はすごい／趙先生的日語雖然不太行，但他的溝通能力很強。

【携帯】

手機；行動電話；「携帯電話」的略稱★携帯で動画撮影していた／用手機拍了影片。

【不満】

不滿足，不滿，不平★世の中に不満を

抱く若者が犯罪に走るケースが多いという／據說對社會感到不滿的年輕人犯罪的案例很多。

【文句】

意見，牢騷，異議★私の料理に文句があるなら、明日からお父さんが作ってくださいよ／如果對我煮的飯菜有意見，明天起改由爸爸煮吧。

【強調】

強調★彼は事故の説明をする中で、自分には非がないことを強調した／他在說明那起事故的過程，強調了錯不在自己身上。

【溢す】

發牢騷，抱怨★他人に愚痴を溢すより、やっぱり本人にハッキリ言うのが一番だ／與其向別人抱怨，最好的辦法還是找當事人把話說清楚。

【話し合う】

談話，對話★互いの考えを比べながら話し合う力を育む／培養出與人談話時能夠交互比較雙方觀點的能力。

【話し合う】

商量，商談；協商，談判★進学は君一人の問題じゃないから、ご両親とよく話し合いなさい／升學不是你一個人的問題，請好好和父母親討論。

はなはだしい	很、非常

【最】

最★世界最高齢の人は、日本人の女性で、現在117歳だそうです／全世界最高齢的人瑞是一位日本女性，據說現在已經117歲了。

【大分】

很，頗，相當，非常★薬のおかげで熱も37度まで下がって、だいぶ楽になった／還好吃了退燒藥，體溫已經降到37度，變得舒服多了。

【ずっと】

比…要來得多，比…來得得很，比…還要…★わたしよりずっと年下の彼の話に、とてもエネルギーをもらった／我從小自己好幾歲的他說的那番話中，獲得了極大的能量。

【全く】

實在，真；簡直★ぶっつけにそう言われて全く驚いた／冷不防聽到對自己的批評，頓時震驚不已。

【かなり】

頗，頗為；相當★事故当時、車はかなりスピードを出していたようだ／事故發生時這輛車似乎開得飛快。

【非常】

非常，很，特別；緊急，緊迫★彼の活躍は、同じ研究者として非常に嬉しく思っています／同樣身為研究者，我為他的活躍感到非常高興。

【完全】

完全，完整★私は過去の記憶を完全に失った。自分の名前さえ思い出せない／我完全失去了過去的記憶。就連自己的名字也想不起來了。

【オーバー】overcoat

誇大，誇張，過火★これは決してオーバーな言い方ではありません／這絕非誇大其詞。

●Track-076

はなれる／離れる	拉開、遠離

【間】

間，間隙★新幹線で、東京大阪間は2時間20分です／東京和大阪之間搭乘新幹線的話需要2小時20分鐘。

【距離】

距離，間隔，差距★時速とは、1時間当たりの移動距離を表した速さのことです／所謂時速，是指每小時移動距離的速度。

【離れる】

離婚；脱離，背離（某人）★彼女は夫と離れた／她與丈夫離婚了。

【離れる】

離，分離，離開，遠離（某處）★波が高くて危険ですから、海岸から離れてください／浪大危險，請遠離岸邊。

【開く】

加大，拉開（數量、距離、價格等的差距）★前を走る車が加速して車間距離が開いた／開在前方的那輛車加速，拉開了車距。

【外れる】

脱落，掉下；離開★おや、ズボンのボタンが外れているよ／哎呀，你褲子上的鈕扣掉了喔！

【分かれる】

分裂；分離，分開；區分，劃分；區別★この先で道が三つに分かれていますから、真ん中の道を進んでください／往前會分成三條岔路，請走正中間那一條。

はやい	快速的

【ただいま】

馬上，立刻；這就，比現在稍過一會兒後★「会議の資料はできてる?」「はい、ただいまお持ちします。」／「會議的資料完成了嗎?」「完成了，我現在正要拿過去。」

【突然】

突然★空が暗くなったと思ったら、突然大雨が降り出した／天才剛暗下來，就突然下起了大雨。

【インスタント】instant

即席，稍加工即可，速成★インスタントカメラで写真を撮って、店に来た客にプレゼントしている／用拍立得拍照，並將相片送給顧客當禮物。

【特別急行】

特別快車★日本初の特別急行「富士」は、歴史ある列車です／日本第一輛特快車「富士號」是一輛歷史悠久的列車。

【速度】

速度★この辺りは子どもが多いので、速度を落として運転します／因為這附近

有很多孩童，所以我車子開到這邊時會減速慢行。

【スピード】speed
快速，迅速；速度★ドライブ中にスピード違反で車を停められた／開車兜風時由於超速而被攔下來了。

【ファストフード】fast food
速食★毎日ファストフードじゃ、そのうち体を壊すよ／如果每天都吃速食，很快就會把身體搞壞的。

【近道】
捷徑，快速的手段或方法★仕事を覚える近道は社外にあった／快速上手新工作的捷徑藏在公司外面的世界中。

【快速】
快速，高速★快速に走り続ける／持續高速運行。

● Track-077

# はらう／払う	支付

【料】
費用，代價★高い授業料を払ってるんだから、寝てたら損だよ／我都已經付了高額的學費，要是睡著就吃虧了。

【カード】card
卡，卡片★買い物の支払いはこのカードでお願いします／購物結帳時請刷這張卡。

【支出】
開支，支出★今月は友達の結婚式やら車の修理やらで、支出が収入を越えてしまった／這個月又是參加朋友的婚禮、又是修理汽車的，弄得入不敷出。

【金】
錢，錢財；銀子，票子，鈔票★昔から、若いうちの苦労は金を払ってでもしろという／自古至今流傳著一句話：年少吃得苦中苦，日後方為人上人。

【小銭】
零錢；零用錢；少量資金★電子マネーの普及で、最近は小銭をあまり使わなくなった／由於電子支付的普及，最近不太會用到零錢了。

【ガス料金】
瓦斯費★君はシャワーのお湯を使い過ぎだよ。ガス料金が以前の2倍だ／你淋浴時用太多熱水了啦！瓦斯費是以前的兩倍耶！

【修理代】
修理費★6000円で買ったヒーターの修理代が5000円だって／用6000圓買的暖氣，修理費居然要5000圓。

【水道代】
自來水費★水道代を節約したいから、シャワーは10分で出てね／因為我想省水費，所以淋浴洗10分鐘出來吧。

【水道料金】
自來水費★水道料金は、いつもコンビニで支払っています／我總是在便利商店繳納自來水費。

【食事代】

餐費，飯錢★今日は会社からお弁当が出るので、食事代はかかりません／因為今天由公司準備便當，所以不會花到餐費。

【運賃】
運賃★円高に伴い、各社航空運賃の値上げが続いている／隨著日幣升值，各家航空公司的運載費用持續上漲。

【電車代】
坐電車的車錢★出張にかかる電車代は後日、請求してください／出差時支付的電車費用，請於日後再行請款。

【電車賃】
坐電車的車錢★いっぱい買い物しちゃって、帰りの電車賃がなくなっちゃった／買了太多東西，連回程的電車費都花光了。

【入場料】
入場費，進場費★写真展は本日より公民館にて。入場料は無料です／今天開始在公民會館舉辦攝影展。免費入場。

【薬代】
藥費★薬局で薬代を払ったら、財布の中身がなくなった／在藥局付了藥費以後，錢包就空空如也了。

【本代】
買書錢★学費は、授業料以外に、授業で使う本代もけっこうかかります／學費除了老師的授課費之外，上課時會用到的書本費也是一大筆錢。

【手数料】
手續費；回扣★営業時間外に銀行を利用すると、手数料がかかります／如果在非營業時段使用銀行服務，則需要支付手續費。

【チップ】chip
小費★チップを払って感謝の気持ちを伝えましょう／給些小費表達我們的謝意吧！

【授業料】
學費★大学の授業料は、奨学金をもらって払うつもりです／我打算用獎學金支付大學的學費。

【タクシー代】taxi だい
計程車費★タクシー代は会社から出るので、請求してください／公司會支付計程車費用，可以向公司申請補發代墊款項。

【タクシー料金】taxi りょうきん
計程車費★来月からタクシー料金が上がるそうです／聽說從下個月起計程車費將會調漲。

【チケット代】ticket だい
票錢★飛行機のチケット代はカードで支払います／機票錢是用信用卡支付的。

【治療代】
治療費，診察費★息子の病気の治療代がかかるので、パートを増やすことにした／因為要付兒子的治療費，所以我只好多兼了幾個差。

【電気代】
電費★電気代は高いけど、冷蔵庫を止めるわけにもいかないしね／雖然電費很貴，總不能把冰箱的插頭拔掉吧。

【電気料金】
でんきりょうきん

電費★電力会社が選べるようになり、電気料金も価格競争になりそうだ／自從可以自行選擇電力公司後，各家公司的電費似乎也展開了價格戰。

【電話代】
でんわだい

電話費★電話代といっても、あなたの場合、ほとんどゲームのお金でしょ／雖說是電話費，但你的電話費幾乎都用來買了遊戲點數吧。

【バス代】bus だい

坐公車的車費★バス代は会社から出ないので、駅まで歩いています／因為公司不會出公車錢，所以我徒步前往車站。

【バス料金】bus りょうきん

坐公車的車費★バス料金は安くて魅力的なので、友人とバス旅行を計画している／因為巴士費很便宜這點很吸引人，所以我和朋友正計畫來趟巴士旅行。

【洋服代】
ようふくだい

服裝費，治裝費★社会人になって、スーツやネクタイなどの洋服代がかかる／成為社會人士後，就要支出西裝和領帶等治裝費。

【レンタル料】rental りょう

租金★8人乗りの車を三日間借りたいんですが、レンタル料はいくらですか／我想租用一輛8人座的汽車3天，需要多少租金？

【物価】
ぶっか

物価★都会は便利だけど、物価が高くて暮らしにくい／住在都市很方便，但是物價太高，過得很辛苦。

【唯・只】
ただ・ただ

白給，不要錢；不需要付價金，免費，無常★友だちの家に泊まるから、ホテル代はただで済む／因為住在朋友家，所以省下了住宿費。

【納める】
おさ

繳納，交納；獻納★40年間真面目に税金を納めてきた彼に、もっと幸せな人生はなかったのか／難道40年來乖乖納稅的他，不能過上更幸福的人生嗎？

● Track-078

ひと	人

【等】
ら

們，一些；等，一些★子どもらの明るい笑顔を守れる街づくりを目指します／我們的目標是共創一座能守護兒童燦爛笑容的城市。

【我が】
わ

我的，自己的，我們的★仕事が辛くても、温かい我が家があると思って頑張っている／不管工作再怎麼辛苦，只要想起我溫暖的家，就有了努力的動力。

【手】
しゅ

從事特定工作的人；擁有一技之長的人★野球選手や電車の運転手などは、子どもに人気の職業です／棒球選手和電車駕駛堪稱是孩子們的夢幻職業。

【者】
しゃ

者，人★来週、両親に婚約者を紹介しようと思っている／我打算下個星期向父

母介紹我的未婚妻。

【ミス】miss
小姐，姑娘★吉田君のお母さんは、昔、ミス日本だったらしいよ／吉田同學的媽媽曾經當選日本選美皇后哦！

【運転手】
司機，駕駛員；從事駕駛電車、汽車工作的人★僕の父は大型トラックの運転手をしています／我爸爸是大型卡車的司機。

【アマチュア】amateur
業餘愛好者，業餘藝術家，業餘運動員★週末は、アマチュアのサッカーチームで汗を流している／週末參加業餘足球隊以盡情揮灑汗水。

【運転士】
駕駛員，高級船員★将来は大型船の運転士になって、世界の海を旅したい／將來想成為大型船舶的舵手，到世界各地的海上航行。

【独身】
單身★独身の女性上司に「結婚だけが幸せじゃない」と言われた／單身的女主管糾正我：「結婚不是幸福的唯一道路」。

ひとしい／等しい	相同

【同時に】
同時，一次；馬上，立刻★会場に入ると同時に、試験開始のベルが鳴った／進入考場的同時，考試開始的鐘聲就響了起來。

【一度に】
同時，一下子，一塊兒★火にかけたスープに、肉と野菜を一度に入れます／把肉和菜同時放入滾燙的湯裡。

【同】
同樣，同等；（和上面的）相同★優勝は山川高校です。同校の監督にお話を伺います／優勝是山川高中！有請該校的教練致詞。

【通り】
正如上文所言，按照…做★自分が見たとおりに話す／我將如實陳述。

【共通】
共同，通用★田中さんとは年も離れているし、共通の話題がないんです／和田中先生年紀差距太大，缺乏共同的話題。

【一体】
一體，同心，合力★地域一体となって祭りを盛り上げる／當地居民同心協力舉行盛大的祭典。

【イコール】equal
相等，等於★友情と、その友達の意見に賛成することとはイコールじゃないよ／他雖是我的朋友，但不等於我就會贊同他的意見。

【クラスメート】classmate
同班同學★中学のときのクラスメート5人で、今も旅行に行ったりしています／我們中學時代的五個同學到現在仍然會一起去旅行。

【本人】

本人★ご来店の際は、本人を確認できる書類をお持ちください／來店時，請攜帶能核對本人身分的證件。

ひろい／広い	寬闊

【広さ】

寬度，幅度，廣度★このマンションは、広さは十分だが、車の騒音が気になるね／雖然這棟大廈的空間很寬敞，但是車輛的噪音卻讓人介意。

【国際的】

國際的，全世界的★彼女は国際的な賞に輝いた、有名なオペラ歌手です／她是曾榮獲國際大獎的知名歌劇演唱家。

【広がる】

變寬，拓寬，舒展，擴大★この先、道幅が広がり 2 車線になります／前方路幅變寬，由一線道增為兩線道。

【広げる】

（勢力、野心）擴張、開拓★戦争で領土を広げる／利用戰爭擴張領土。

【広まる】

擴大★ローマ帝国の勢力が広まっている／羅馬帝國的勢力日漸擴大。

【広める】

擴大（範圍）；增長，增廣★知識を広めるためにイベントに参加をしています／為了增廣見聞而積極參與活動。

ふかい／深い	深的

【底】

底，底子，底層，深處★この海の底には、100 年前に沈んだ船の宝物が眠っているという／據說，一百年前的沉船上的寶藏，就在這片海底長眠。

【奥】

裡頭，內部（與外相對的）；深處★山の奥に隠れて暮らす／隱居在山裡頭。

【深まる】

加深，變深，深厚起來★スポーツを通して、国同士の関係が深まることは珍しくない／藉由運動促進國與國之間的友誼，這樣的例子並不少見。

【深める】

加深，加強★もっと外国人労働者に対する理解を深めることが必要だ／我們需要對於外籍勞工有更進一步的瞭解。

ふくむ／含む	含有

【ごと】

（表示包含在內）一共，連同★「財布がないんだ。」「かばんの中じゃないの？」「かばんごとないんだ。」／「我的錢包不見了！」「不是放在皮包裡嗎？」「連整個皮包都不見了！」

【質】

品質，素質；質地，實質★なんでもいいから食べる物をちょうだい。質より量だよ／不管什麼都好，拜託賞我一些食物。不求美味，只求越多越好。

【中身】
裝在容器裡的内容物，内容★かばんを開けてください。中身を確認させて頂きます／請把包包打開，讓我檢查一下裡面的物品。

【内容】
内容★内容もよく読まないで、契約書にサインしてはいけないよ／還沒有仔細讀過内容之前，不能在合約上簽名哦！

【栄養】
營養；滋養★今朝採れたばかりのトマトだから、栄養がたっぷりですよ／這是今天早上剛採收的番茄，所以含有豐富的營養哦！

【含む】
帶有，含有，包括★勤務時間は9時から5時まで。昼休1時間を含みます／工作時間從9點到5點，包含午休時間1小時。

ふるい／古い	舊、年久

【家】
一族，家庭；有血緣關係的人們★田中家のお墓は郊外にある／田中一家的墳墓位於郊外。

【寺】

寺★京都の鹿苑寺は、建物の壁に金が貼られていることから金閣寺と呼ばれている／京都鹿苑寺的建築物牆體貼著金箔，所以又被稱為金閣寺。

【古】
舊東西；舊，舊的★家にあった父の本を整理して、古本屋に売った／把爸爸放在家裡的那些書整理整理，賣給了二手書店。

【クラシック】classic
古典音樂，經典作品，古典作品★夏休みに、子ども向けのクラシックコンサートを開いています／專為兒童舉辦的古典音樂會將在暑假拉開序幕。

【以前】
從前，以前★以前から、先生には一度お会いしたいと思っておりました／從以前就一直希望有機會拜見老師一面。

【ぼろぼろ（な）】
破破爛爛，破爛不堪★3冊の辞書をぼろぼろになるまで使いました／翻爛了3本詞典。

●Track-080

ふるまう	動作、行動

【うっかり】
不注意，不留神；無意中，糊里糊塗，漫不經心，心不在焉★徹夜で書いたレポートをうっかり消してしまった／我一不小心把熬夜的報告刪除了。

【じっと】
凝神，聚精會神，集中精神★たまに女性

をじっと見つめる男性がいます／偶爾會有男性會目不轉睛地看女性。

【きちんと】

好好地，牢牢地★仕事をきちんとするためには、まずは健康が大切です／若要全力投入工作，身體健康是第一要件。

【女】

女人，女性★あの女優さん、女医の役がよく似合ってるね／那位女演員很適合飾演女醫師呢。

【アクション】action

行動，動作，活動★どんな時でも、成果を上げるために最も大事なのはアクションを取ることです／無論何時，想要取得好的成果，就必須要起而實行之。

【態度】

態度，表現；舉止，神情，作風★君は仕事はできるのに、態度が悪いから、損をしてるよ／你工作能力很好，但是態度不佳，這樣很吃虧哦。

【礼儀】

禮儀，禮節，禮法，禮貌★日本の柔道や剣道は、礼儀を大切にするスポーツだ／日本的柔道和劍道都是重視禮儀的運動。

【マナー】manner

禮貌，規矩；態度舉止，作風★彼は食事のマナーはいいんですが、食事中の会話がつまらないんです／雖說他的用餐禮儀良好，但吃飯時聊的內容很無趣。

【意地悪】

使壞，刁難，捉弄，壞心眼★男の子は、好きな女の子には意地悪をしてしまうものだ／男孩子就是會欺負自己喜歡的女孩子。

【勇気】

勇敢★友達が欲しいなら、勇気を出して、自分から話しかけてごらん／想交朋友的話，不妨拿出勇氣，試著主動找人攀談。

【癖】

癖好，脾氣，習慣★細かいことが気になってしまうのが、僕の悪い癖です／鑽牛角尖是我的壞習慣。

【自慢】

自滿，自誇，自大，驕傲★隣の奥さんはご主人の自慢ばかり。他に自慢することがないのかしら／隔壁太太一個勁的炫耀她的老公，是沒有別的事情可以炫耀了嗎？

【わがまま】

任性，放肆，肆意★一人っ子はわがままだと言われるが、実はしっかりしている人が多いという／雖然很多人認為獨生子女都很任性，但其實其中也有很多腳踏實地的人。

【最低】

最低，最差，最壞★あの子の気持ちが分からないのか。君は最低の男だな／你還不知道那個女孩的心意嗎？你真是個差勁的男人。

【悪戯】

淘氣，惡作劇★学校の壁にいたずら書き

をしたのは誰<ruby>誰<rt>だれ</rt></ruby>ですか／是誰在學校的牆壁上亂塗鴉？

【お洒落<ruby><rt>しゃれ</rt></ruby>】

時髦，漂亮★趣味<ruby><rt>しゅみ</rt></ruby>はおしゃれなレストランでおいしいワインを飲<ruby><rt>の</rt></ruby>むことです／我的興趣是在豪華的餐廳裡品嚐美酒。

【けち】

卑鄙，下賤★けちなことをするな／別做卑鄙的事。

【積極的<ruby><rt>せっきょくてき</rt></ruby>】

積極的★彼女<ruby><rt>かのじょ</rt></ruby>は積極的<ruby><rt>せっきょくてき</rt></ruby>な性格<ruby><rt>せいかく</rt></ruby>で、誰<ruby><rt>だれ</rt></ruby>とでもすぐに仲良<ruby><rt>なかよ</rt></ruby>くなる／她個性很積極，和任何人都能很快變成好朋友。

【素樸<ruby><rt>そぼく</rt></ruby>】

自然而沒有過度加工的，樸素，純樸，質樸★歌手<ruby><rt>かしゅ</rt></ruby>のリンちゃんは、化粧<ruby><rt>けしょう</rt></ruby>をしない素樸<ruby><rt>そぼく</rt></ruby>な感<ruby><rt>かん</rt></ruby>じが好<ruby><rt>す</rt></ruby>きだ／歌手小琳喜歡不上妝的樸素模樣。

【得意<ruby><rt>とくい</rt></ruby>】

得意揚揚，自滿，自鳴得意★両親<ruby><rt>りょうしん</rt></ruby>にほめられて少<ruby><rt>すこ</rt></ruby>し得意<ruby><rt>とくい</rt></ruby>な気持<ruby><rt>きも</rt></ruby>ちになった／得到父母的稱讚，我不禁有點洋洋得意。

【派手<ruby><rt>はで</rt></ruby>】

（態度、行為等）誇張，浮華，闊氣★金<ruby><rt>かね</rt></ruby>遣<ruby><rt>づか</rt></ruby>いが派手<ruby><rt>はで</rt></ruby>な女性<ruby><rt>じょせい</rt></ruby>は結婚<ruby><rt>けっこん</rt></ruby>できないよ／揮金如土的女人可是嫁不出去的唷！

【平気<ruby><rt>へいき</rt></ruby>】

鎮定，冷靜；不在乎，不介意，無動於衷★あの子<ruby><rt>こ</rt></ruby>、平気<ruby><rt>へいき</rt></ruby>な振<ruby><rt>ふ</rt></ruby>りしてるけど、本当<ruby><rt>ほんとう</rt></ruby>は相当辛<ruby><rt>そうとうつら</rt></ruby>いと思<ruby><rt>おも</rt></ruby>うよ／她雖然裝出滿不在乎的樣子，但我覺得她其實非常難受。

【活躍<ruby><rt>かつやく</rt></ruby>】

活躍，活動★これは体<ruby><rt>からだ</rt></ruby>の小<ruby><rt>ちい</rt></ruby>さい主人公<ruby><rt>しゅじんこう</rt></ruby>がサッカー選手<ruby><rt>せんしゅ</rt></ruby>として活躍<ruby><rt>かつやく</rt></ruby>する話<ruby><rt>はなし</rt></ruby>です／這是個身材瘦小的主角成為足球選手並大放異彩的故事。

【思<ruby><rt>おも</rt></ruby>いやる】

同情，令人擔心，體諒★相手<ruby><rt>あいて</rt></ruby>を思<ruby><rt>おも</rt></ruby>いやる心<ruby><rt>こころ</rt></ruby>は人間<ruby><rt>にんげん</rt></ruby>だけのものではないそうだ／據說，並不是只有人類才擁有體貼他人的情感。

【黙<ruby><rt>だま</rt></ruby>る】

不理，置之不理；不問不管★黙<ruby><rt>だま</rt></ruby>っていても家賃<ruby><rt>やちん</rt></ruby>が入<ruby><rt>はい</rt></ruby>ってくる／無須多費心思，房租就會按時入帳。

● Track-081

| へらす／減らす | 減少 |

【節約<ruby><rt>せつやく</rt></ruby>】

節約，節省★交通費<ruby><rt>こうつうひ</rt></ruby>の節約<ruby><rt>せつやく</rt></ruby>と体力<ruby><rt>たいりょく</rt></ruby>づくりのために、自転車通勤<ruby><rt>じてんしゃつうきん</rt></ruby>しています／為了節約交通費和鍛鍊體力，我都騎自行車上班。

【マイナス】minus

減；減號；負號；負★10マイナス2は8／10減2等於8。

【減<ruby><rt>へ</rt></ruby>る】

減，減少；磨損★円高<ruby><rt>えんだか</rt></ruby>の影響<ruby><rt>えいきょう</rt></ruby>で、自動車<ruby><rt>じどうしゃ</rt></ruby>の輸出額<ruby><rt>ゆしゅつがく</rt></ruby>が減<ruby><rt>へ</rt></ruby>っている／受到日幣升值的影響，汽車出口量持續衰退。

【減<ruby><rt>へ</rt></ruby>らす】

減，減少；削減，縮減；空（腹）★会社
の経営が厳しいらしく、交際費を減ら
すように言われた／公司的營運狀況似乎
不太妙，宣佈要刪減交際費。

【縮める】
縮小，縮短，縮減；縮回，捲縮，起皺紋
★3年間留学するつもりだったが、予
定を縮めて2年で帰って来た／原本預
計留學3年，後來提早完成學業，2年就
回來了。

まう／舞う　跳舞

【バレエ】ballet
芭蕾舞★バレエの発表会で、白鳥の湖
を踊りました／在芭蕾舞的成果發表會上
跳了天鵝湖。

【ダンサー】dancer
舞者；舞女；舞蹈家★彼はイギリスのバ
レエ団で踊っていたダンサーです／他
是在英國芭蕾舞團跳舞的舞者。

【舞台】
舞臺★いつかあの舞台に立って、大勢の
観客の前で歌いたい／希望未來的某一
天我能站在那座舞臺上，在許多觀眾面前
唱歌。

まがる／曲がる　彎曲、扭曲

【三角】
三角形★卵のサンドイッチを作って、

三角に切りました／做了雞蛋三明治，然
後切成三角形。

【四角】
四角形，四方形，方形★テーブルは四
角がいいですか。丸いのも人気があり
ますよ／您桌子比較喜歡方桌嗎？也有很
多人喜歡圓桌哦！

【曲】
歪曲★曲線を描く／畫曲線。

【曲げる】
屈，歪曲，篡改★事実を曲げる報道は放
送法違反だ／扭曲事實的報導已經違反
《廣電法》！

【曲げる】
彎，曲，折彎；歪，斜，傾斜★最近腰を
曲げて洗濯物を取るのが苦痛になった
／最近連彎下腰拿出洗好的衣服都疼得不
得了。

【巻く】
捲起★犬はしっぽを巻いて逃げていっ
た／狗兒捲起尾巴逃跑了。

【巻く】
捲起，蜷曲★へびはなぜとぐろを巻くの
か知りたい／我想知道蛇為什麼要把自己
盤成一團。

【畳む】
疊，折；關，闔上★自分の脱いだ服くら
い、きちんと畳みなさい／自己脱下來的
衣服請自己摺好。

まざる ｜ 混雑

【混雑】 こんざつ

混亂，混雜★試合が終わると、出口に向かう大勢の観客で通路は混雑した／比賽一結束，大量觀眾湧向了出口，導致走道非常擁擠。

【交ざる】 ま

混雜，交雜，夾雜★彼なら、新しいチームにもすぐに交ざって、うまくやれると思う／如果是他的話，應該可以馬上融入新團隊裡並和大家相處融洽。

【混ざる】 ま

混雜，夾雜★砂糖がちゃんと混ざってなかったみたい。最後の一口だけ甘かったよ／糖好像沒有攪散，只有最後一口是甜的耶。

【混じる・交じる】 ま　ま

夾雜，混雜；加入，交往，交際★私は日本人ですが、四分の一、ブラジル人の血が混じっています／我雖然是日本人，但有四分之一的巴西血統。

Track-082

まじわる／交わる ｜ 交往、來往

【お互い】 たが

彼此，互相★ケンカをしても、お互いが損をするだけなのにね／打架只是讓雙方都吃虧而已。

【互い】 たが

互相，彼此；雙方；彼此相同★2時間以上も喧嘩をしている二人は、互いに一歩も譲ろうとしない／他們已經吵了2個多小時，雙方一步也不肯退讓。

【友人】 ゆうじん

友人，朋友★私には地位もお金もないが、素晴らしい友人がいる／我雖沒有地位也沒有錢，但是擁有很棒的朋友。

【パートナー】 partner

夥伴；合作者，合夥人★彼女は仕事の上のパートナーだ／她是在工作上的夥伴。

【主人】 しゅじん

丈夫；愛人★お隣のご主人は、家事をよく手伝ってくれるんですって／聽說隔壁鄰居的丈夫經常幫忙做家事。

【夫婦】 ふうふ

夫婦，夫妻★私の両親は仲がよくて、理想の夫婦だと思います／我父母的感情很好，是我心目中的夫妻楷模。

【付き合う】 つ　あ

交際，往來；陪伴，奉陪，應酬★この人は私が以前付き合っていた人、つまり元彼です／這個人就是我以前交往的對象，也就是前男友。

【できる】

兩人搞到一起，搞上，有戀愛關係★あの二人はどうもできているらしい／那兩個人大概有一腿。

【通じる・通ずる】 つう　つう

私通★夫の前では貞淑な妻ながら裏では若い男と通じている／她在丈夫面前是個賢淑的妻子，背地裡卻和年輕男子私通。

【招く】（まね）

招待，宴請；招聘，聘請；（搖手、點頭）招呼；招惹，招致★国際交流のためのパーティーに招（まね）かれて、スピーチをした／我受邀出席了國際交流的聚會，並且上臺演講。

まとめる	集中、談妥

【計】（けい）

總計，合計★大人2名、子ども3名の計5名様（けい めいさま）でご予約ですね／您要預約2位成人、3位兒童，總共5位對吧。

【合わせる】（あ）

合併；合起★力（ちから）を合（あ）わせて乗（の）り越（こ）えましょう／我們一起同心協力度過難關吧！

【纏める】（まと）

集中，彙整，總結★グループで話（はな）し合（あ）った結果（けっか）をまとめて、3分間（ぶんかん）で発表（はっぴょう）してください／請總結小組討論的結果，並做成3分鐘的簡報。

【纏まる】（まと）

解決，弄妥，談妥★何度（なんど）も両家（りょうけ）が話（はな）し合（あ）って、ようやく兄（あに）の結婚話（けっこんばなし）がまとまった／兩家人談了好幾次，才終於談妥了哥哥的婚事。

【結ぶ】（むす）

繫，結★彼女（かのじょ）は長（なが）い髪（かみ）をひとつに結（むす）ぶと、プールに飛（と）び込（こ）んだ／她綁起一頭長髮後跳進泳池裡。

まなぶ／学ぶ	學習

【年生】（ねんせい）

…年級生★子（こ）どもは中学（ちゅうがく）1年生（ねんせい）と小学（しょうがく）4年生（ねんせい）です／我的兩個孩子分別是中學一年級和小學四年級的學生。

【校】（こう）

學校★私（わたし）の母校（ぼこう）のテニス部（ぶ）が、全国大会（ぜんこくたい かい）に出場（しゅつじょう）するそうだ／據說我母校的網球部即將參加全國大賽。

【トレーニング】training

訓練，練習★学生時代（がくせいじだい）はトラック競技（きょうぎ）の選手（せんしゅ）で、毎日（まいにち）5時間（じかん）トレーニングをしていた／我在學生時期是田徑選手，每天都要訓練5小時。

【留学】（りゅうがく）

留學★今年（ことし）の秋（あき）から3年間（ねんかん）、イギリスの大学（だいがく）に留学（りゅうがく）します／今年秋天開始，我要去英國的大學留學3年。

【教わる】（おそ）

受教，學習★先生（せんせい）からは、勉強（べんきょう）だけでなくものの考（かんが）え方（かた）を教（おそ）わりました／從老師身上不僅學到了知識，還學會了如何思考。

Track-083

まもる／守る	守護、維護

【防】（ぼう）

防備，防止；堤防★風邪（かぜ）の予防（よぼう）のため

には、手を洗うことが大切です／為了預防感冒，洗手是非常重要的。

【留守番】

看家，看家的人★お母さんが帰るまで、一人でお留守番できるよね？／在媽媽回家之前，你能一個人看家嗎？

【弁護士】

律師★裁判の前に、弁護士とよく相談したほうがいいですよ／在審判之前先跟律師仔細商量過比較好哦。

【守る】

守；保衛；守衛；防守，保護；維護★国を守るため、命を捧げる／為了保衛國家，甘願奉獻生命！

まわる／回る　旋轉、傳遞

【回り】

轉，旋轉，轉動★歯車の回りが速い／齒輪轉得快。

【回り】

發作，蔓延★今日は疲れているのか、お酒の回りが速い／不知道是不是因為今天特別累，所以一下子就醉了。

【歯車】

齒輪★人間が機械の一部のように働く様子を、「私は会社の歯車だ」といいます／「我是公司的齒輪」這句話表達了人類宛如機器中的某個零件般運轉。

【巻く】

擰，上（發條，弦）★時計のねじを巻くのは私の係りでした／為錶上發條是我的工作。

みえる／見える　看得見

【はっきり】

輪廓等清楚，鮮明而能與其他東西明顯分開★川の底まではっきり見える／連河底都能看得清清楚楚。

【表面】

表面★太陽の表面温度は6000度と言われていたが、実は低温で27度だという／一般都說太陽的表面溫度高達6000度，但實際上卻只有27度的低溫。

【スタイル】style

風格，風采；姿勢，姿態★彼はスタイルがいいから、どんな服でもよく似合う／他身材好，不管穿什麼都好看。

【特徴】

特徵，特色，特點★「その男の特徴は？」「眉毛が太くて、眼鏡をかけていました。」／「那個男人有什麼特徵？」「眉毛很粗，戴個眼鏡。」

【派手】

（穿著打扮、樣式、色調等）花哨，鮮豔，豔麗，華麗★あの子はあんな派手な格好をしてるけど、仕事はすごく真面目だよ／她雖然打扮得很浮誇，但是工作起來非常認真哦！

【映る】

反射★ガラスに映った後ろ姿は、確かに山本さんでした／那個映在玻璃窗上的背影，的確是山本先生沒錯。

みだれる／乱れる	混亂、散亂

【騒ぎ】

吵鬧；嘈雜聲；喧嘩，喧囂★コロナの騒ぎが静まった／新冠肺炎引發的混亂已經平息了。

【騒ぎ】

混亂，騷動；鬧事；事件；糾紛★あの子は物を壊したり友達を叩いたり、よく騒ぎを起こす／那個孩子不是破壞物品就是毆打朋友，經常鬧事。

【ばらばら（な）】

零亂★全員ばらばらだった動きが、半日の練習でぴったり合うようになった／全體人員七零八落的動作大家只練了半天就整齊劃一了。

【散らす】

散，散開，弄散，吹落；使掉得七零八落，使散落★秋になると、山からの風が、赤や黄色の木の葉を散らす／每逢秋天，紅黃相間的樹葉總被從山裡來的風吹落。

●Track-084

みちびく／導く	引導

【パイロット】pilot

（船）領港員，領航員，引水員，舵手★パイロットの仕事が簡単ではない／領港員的工作不容易。

【通す】

引領，帶路★受付に来たお客様を会議室へ通す／把來到服務台的客人帶到會議室。

【騙す】

騙，欺騙，誆騙，矇騙；哄騙★お年寄りを騙してお金を盗む犯罪は、絶対に許せない／絕對不容許對老年人詐騙盜領金錢的犯罪行為。

【乗せる】

（使）上當，騙人，誘騙★私はまんまと口車に乗せられた／我完全被他的甜言蜜語給沖昏了頭腦。

【誘う】

約，邀請；勸誘；誘惑，勾引；引誘，引起★鍋パーティーをします。お友達を誘って来てください／我們要開火鍋派對，請大家邀請朋友們來參加。

【勧める】

勸告，勸誘；勸，進（煙茶酒等）★医者から、毎日1時間以上歩くことを勧められた／醫生建議我每天走路1小時以上。

【薦める】

推薦；推舉，薦舉★教授が薦める本や論文は、全て読んでいます／教授所推薦的書籍和論文，我統統正在閱讀。

155

みる／見る | 看

【観】
観感，印象，様子；観看；観點★結婚相手は、価値観が同じ人を選ぶと失敗しませんよ／結婚對象若能找個價值觀相同的人，就不會離婚哦。

【瞼】
眼瞼，眼皮★パソコンなどで目が疲れたときは、まぶたを閉じて目を休めましょう／當使用電腦之類的 3C 產品導致眼睛疲勞的時候，就閉眼休息一下吧。

【番】
看，看守★店の番をする／看守店鋪。

【観光】
観光，遊覽，旅遊★「日本に来た目的は？お仕事ですか。」「いいえ、観光です。」／「你來日本的目的是什麼？是為了工作嗎？」「不是，是來觀光。」

【スタンド】stand
看臺，觀覽席★メーン・スタンドで応援する／在主看臺上給選手加油。

【見送り】
送行；靜觀，觀望★オリンピック選手団の見送りに、大勢の人々が空港に集まった／許多人聚集在機場為奧運代表隊送行。

【テレビ番組】television ばんぐみ
電視節目★好きな俳優の出るテレビ番組は全て録画しています／我把喜歡的演員參與演出的節目全都錄製下來了。

【生】
現場，現場直播；在當場直接欣賞或唱歌★生放送で元気な声をお届けします／我們將在直播中用朝氣蓬勃的聲音為您送上滿滿的活力。

【注目】
注目，注視★前回の大会で優勝した山下選手には全世界が注目している／在上次大賽中奪得優勝的山下選手受到全世界的注目。

【発見】
發現★いつか新しい星を発見することを夢見て、毎晩夜空を観察しています／我每天晚上都在觀察星空，幻想著某天能發現未知的星星。

【お目に掛かる】
見面；「会う」的謙讓語★昨日パーティーで、社長の奥様にお目に掛かりました／我在昨天的派對上有幸見到社長夫人了。

【見掛ける】
看到，看出，看見；開始看★またお会いしましょう。町で見掛けたら、声を掛けてくださいね／下次再見面吧！如果在路上遇到了，請記得叫我一聲哦！

【望む】
眺望★窓の外には富士山を望む風景が広がる／窗外風景一望無際，甚至可以遠眺富士山。

【見送る】
目送；送行，送別；送終★母は毎朝、会社へ行く父の姿が見えなくなるまで見

送る／媽媽每天早上都會目送爸爸出門上班，直到看不見爸爸的背影為止。

| むかえる／迎える | 迎接 |

【お帰り】
回來啦★「お母さん、ただいま」「お帰り。学校はどうだった？」／「媽媽，我回來了！」「你回來啦，今天在學校過得如何？」

【お帰りなさい】
歡迎回來★お父さん、お帰りなさい。今日もお疲れ様でした／爸爸，您回來了！今天辛苦了。

【ただいま】
我回來了；從外面回到家裡時的招呼語★ただいま帰りました／我回來了。

【迎え】
迎接；去迎接的人；接，請★雨が酷いから、駅まで車で迎えに来てくれない？／雨太大了，你可以開車來車站接我嗎？

| むきあう／向き合う | 相對、面對 |

【対】
相對，相向；面對★八日の中日対巨人戦、メチャクチャ楽しみだなぁ／超期待將於8號舉行的中日對巨人之戰。

【相手】
夥伴；共事者★彼女は自分のことより相手のことを第一に考える、優しい人です／她是個溫柔的人，比起自己的事情，總是優先替對方著想。

【正面】
直接，面對面★好きな子に正面から嫌いと言われました／被喜歡的女孩當面說討厭了。

【反対】
相反★川の反対側に行く／前往河的對岸。

| むく／向く | 朝向、適合 |

【化】
…化；接在漢字名詞的後方，表示事、物、狀態的變化★少子高齢化は多くの国で深刻な社会問題となっている／少子化和高齢化在許多國家已成為嚴重的社會問題。

【下】
下，下方★下方を見る／看下方。

【内】
内，裡頭；家裡；内部★これは社内用の資料ですので、外部に出さないよう願います／這是公司内部要用的資料，因此請注意切勿外流。

【両側】
兩邊，兩側，兩方面★怪我をした男性は、両側から支えられてやっと歩ける状態だった／受傷的男性處於被兩旁扶著的人支撐著才能走路的狀態。

【正面】（しょうめん）

正面；對面★正面を向いた写真を1枚、横顔を1枚、用意してください／請準備正面的照片一張、側面的照片一張。

【向き】（む）

適合，合乎★この山はきつい坂もないし景色もきれいだし、初心者向きですよ／這座山既沒有陡坡，景色也非常美麗，很適合新手挑戰哦。

【向かい】（む）

正對面★このアパートは古いから、向かいのマンションに引っ越したい／這間公寓很舊，所以我想搬到對面的華廈。

【向く】（む）

向，朝，對★ピラミッドのひとつの面は、正確に北を向いている／金字塔的其中一面準確地朝向正北方。

【向ける】（む）

向★暗い部屋の中で、声が聞こえる方へライトを向けた／在黑暗的房間裏，把燈光轉向了聲音傳來的方向。

【外す】（はず）

避開，躲過★質問を巧みに外す／巧妙地避開提問。

【避ける】（さ）

躲避，避開，逃避；避免，忌諱★会社を作るなら、資金不足は避けて通れない問題だ／如果要開公司，缺乏資金是無法迴避的問題。

●Track-086

もうかる	賺、得利

【給料】（きゅうりょう）

工資，薪水★いくら株の値段が上がっても、給料が上がらなきゃ意味がないよ／不管股票漲了多少，薪水不漲就沒意義了。

【ボーナス】bonus

特別紅利，花紅；獎金，額外津貼，紅利★ボーナスが出たら何をしようか、考えるだけで幸せだ／拿到獎金後要做什麼呢，光是想想就覺得很幸福。

【有利】（ゆうり）

有利★留学経験があると就職に有利だというのは本当ですか／具有留學經驗有利於就業，這是真的嗎？

【得】（とく）

合算，上算，便宜★人は信頼したほうが得だと考えている／我認為信賴他人的好處比較多。

【得】（とく）

利益，有利，賺頭★損だとか得だとかじゃないんだ。みんなの役に立ちたいだけなんだ／這無關吃虧或是佔便宜。我只是想幫上大家的忙而已。

【当てる】（あ）

得利；投機成功★株で当てる／玩股票得利。

もえる／燃える	燃燒

【付き】（つ）

點著，燃燒★このマッチは付きが悪い／這盒火柴不易點燃。

【油】
油★熱くしたフライパンに油を引いて、肉を並べます／將油淋在預熱過的平底鍋上，然後擺上肉。

【煙】
煙★何か焼いてるの忘れてない？キッチンから煙が出てるよ／妳是不是忘記正在烤東西了？廚房裡有煙飄出來哦。

【ライター】lighter
打火機★「ライターありますか。」「ここ、禁煙ですよ。」／「你有打火機嗎？」「這裡禁菸哦！」

【点ける】
點燃★たばこに火を点けて彼らを待った／那時，我點了根菸，等他們來。

【燃える】
燃燒，著火★夜空の星が光って見えるのは、ガスが燃えているからだ／夜空中的星星之所以閃閃發光是因為氣體正在燃燒。

【燃える】
像火焰一般火紅的樣子★今日の夕方、西の空が赤く燃えていた／今天傍晚時分，西方的天空燃著一片紅霞。

【燃やす】
燒，燃燒★母は、若い頃に父からもらった手紙を全て燃やしてしまった／媽媽年輕時把父親寄來的信都燒掉了。

もつ／持つ 持有、攜帶、負擔

【持ち】
有很多★「僕は力持ちだよ。」「私はお金持ちの方が好きだわ。」／「我很有力氣哦！」「我比較喜歡有錢的耶。」

【バッグ】bag
手提包★誕生日プレゼントくれるの？じゃあ、ブランドのバッグがいいなあ／你要送我生日禮物嗎？那我想要名牌包！

【資格】
身份★留学生の資格で入国した／持留學簽證入境了。

【地盤】
地基，地面；地盤，勢力範圍★先日の地震で、この辺りの地盤が5センチほど沈んだそうだ／據說前幾天的地震導致這一帶的地盤下陷了5公分左右。

【柱】
（建）柱子；支柱；（轉）靠山★うちは母子家庭なので、母親の私が子どもたちを支える柱なんです／因為我家是單親家庭，所以身為母親的我就是孩子們的支柱。

【携帯】
帶，攜帶★山を登るときは、十分な量の飲み物、食べ物を各自携帯してください／登山時，請各自攜帶足夠的飲料和食物。

【抱く】
抱；心懷，懷抱★赤ちゃんを抱いたお

159

母さんに、席を代わってあげました／
我讓位給抱著嬰兒的媽媽。

● Track-087

| もとづく／基づく | 根據、基本、基礎 |

【基本】
基本，基礎，根本★「ほうれんそう」とは「報告、連絡、相談」のことで、仕事の基本だ／所謂「ほうれんそう」是指「報告、聯絡、討論」，這是工作的基礎。

【レベル】level
水準；水平線；水平儀★大学の授業はレベルが高くて、ほとんど理解できない／大學課業的難度很高，完全聽不懂。

【資源】
資源★瓶や缶だけでなく、お菓子の箱やパンの袋なども資源ごみとして回収します／不只是瓶罐，點心盒和麵包袋等等物品也屬於資源垃圾，要拿去回收。

【データ】data
論據，論證的事實；材料，資料；數據★君の予想はどうでもいいから、事実に基づいたデータを出しなさい／你的預測完全不重要，請提出以事實為根據的資料。

【中心】
重心，事物聚集的場所、中心★その寺は村の中心になっている／那座寺廟是這個村落的中心。

【基本的 (な)】
基本的★大学が法学部だったので、法律の基本的な知識はあります／因為我

大學念的是法學院，所以具備法律的基本知識。

| もの | 物品 |

【ビニール】vinyl
塑膠★雨が急に降って来たので、コンビニでビニール傘を買った／因為突然下雨了，所以我在便利商店買了把塑膠傘。

【プラスチック】plastic・plastics
塑膠★ピクニック用に、プラスチックの食器を買った／我買了野餐用的塑膠盤子。

【ポリエステル】polyethylene
(化學) 聚乙烯，人工纖維★このシャツはポリエステルが5%入っているので、乾き易いです／因為這件襯衫含有5%的人造纖維，所以很容易乾。

【物】
物，東西；大人物★その映画は、登場人物が次々と毒物によって命を落とす話だ／那部電影講的是出場角色一個接著一個因毒物而喪命 (被毒死) 的故事。

【杓文字】
杓子，飯杓★炊飯器を買ったら、杓文字と米1キロがついてきた／如果買了電鍋，就會附送飯杓和一公斤的米。

【まな板】
切菜板★包丁とまな板はよく乾かしてから棚にしまいます／把菜刀和砧板曬乾後放在架子上。

【スタンド】stand

台，座★歯ブラシスタンドを使う／使用牙刷放置架。

【家電製品】
家電製品★電気屋の家電製品売り場で、洗濯機を見るのが好きです／我喜歡在電器行的家電區看洗衣機。

【電子レンジ】でんし range
電子微波爐★昨日の味噌汁を電子レンジで温めて飲みます／把昨天的味噌湯用電子微波爐加熱後再喝。

【トースター】toaster
烤麵包機★パンにチーズを乗せて、トースターで焼いて食べます／將起司鋪在麵包上，用烤麵包機烤過再吃。

【マイク】mike
麥克風★後ろの席まで声が届かないから、マイクを使いましょう／因為聲音無法傳到後面的位子，還是拿麥克風吧！

【スピーカー】speaker
擴音器，揚聲器，喇叭；演說家★スマホの音楽をスピーカーで聞きたい／想把手機裡的音樂用揚聲器播出來聽。

【キーボード】keyboard
鋼琴、打字機等的鍵盤★キーボードの一番上にある F7 のキーを押してください／請按鍵盤最上面的 F7 鍵。

【ゴム】(荷) gom
樹膠，橡皮，橡膠★髪が長い方はこのゴムで結んでからお入りください／長頭髮的來賓請用這裡的橡皮筋把頭髮綁好後再進入。

【アイロン】iron
熨斗，離子夾★彼はいつもきれいにアイロンのかかったシャツを着ている／他總是穿著用熨斗燙熨平整的襯衫。

【扇風機】
風扇，電扇★うちの猫は、扇風機の前から一歩も動かない／我家的貓待在電風扇前，一步都不肯移動。

【ドライヤー】dryer・drier
乾燥機，吹風機★鏡を見ながら、ドライヤーで髪を乾かします／拿吹風機對著鏡子把頭髮吹乾。

【クーラー】cooler
冷氣設備★ああ、暑い。クーラーの効いた部屋でアイスクリームが食べたいなあ／唉，好熱啊。真想在冷氣房裡吃冰淇淋哦。

【エアコン】air conditioning 之略
空氣自動調節器，溫度調節器，空調★部屋を出る時は、電気とエアコンを消してください／離開房間時，請關掉電燈和冷氣。

● Track-088

やくにたつ／役に立つ	有幫助

【手】
方法★目的のためには手段を選ばない／為達目的不擇手段。

【効果】
效果，成效，成績；演出、戲劇的效果★

先月からダイエットを始めたところ、少しずつ効果が出てきた／從上個月開始減肥，已經漸漸出現成效了。

【無駄】

徒勞，無用，無益，沒有意義★無駄だと思うことが、後になって役に立つことも多い／很多原本覺得沒意義的事，到後來發現都是有意義的。

【役立つ】

有用，有益★健康に役立つ情報がたくさん。ぜひ読んでください／裡面有很多有益健康的資訊，請務必閱讀。

【役に立てる】

供…使用，使…有用★父の残した学校ですが、村の子どもたちの役に立ててください／這是家父留下來的學校，請讓這所學校為村裡的孩子們盡一份力。

【間に合う】

夠用；起作用★パンの材料はこれで間に合う／製作麵包的材料這些就夠了。

【効く】

有效，見效，起作用；顯現出某物的作用、效果★この薬は、風邪の引き始めに飲むと、よく効きますよ／感冒初期服用這種藥很有效哦。

【助かる】

省力，省事★「課長、お手伝いしましょうか。」「ありがとう、助かるよ。」／「科長，需要我幫忙嗎？」「謝謝，真的幫了大忙。」

| やめる | 停止、放棄、取消 |

【見送り】

（棒球）放過好球不打★見事に見送りの三振でアウトになった／徹徹底底被三振出局了。

【思い切り】

斷念，死心，想開；決心，決意★彼女は意外と思い切りがいい／沒想到她這麼看得開。

【退学】

退學★試験で不正をして、大学を退学になった学生がいるそうだ／據說有大學生因為考試作弊而遭到了退學處分。

【退職】

退職，退休★今月いっぱいで退職させて頂きます。大変お世話になりました／我到月底就要退休了，感謝您長久以來的關照。

【禁煙】

戒煙，忌煙；戒除吸煙惡習★タバコは体に悪いので、禁煙したいと思う／因為抽煙對身體沒好處而想戒煙。

【辞める】

辭去，辭掉★今の仕事を辞めたいけど、次の仕事が見つからない／我雖想辭去目前的工作，但卻找不到下一份工作。

【解く】

解職★議事が終了したため議長の職を解く／會議結束後也就卸下了主席的職務。

【降ろす】

使從某地位上退下★社長の座から降ろされた/被免除了社長的職位。

| よい／良い | 良好 |

【プラス】plus

利益,好處,盈餘★病気を克服した経験は、君の今後の人生にきっとプラスになる/對抗病魔的經驗,對你的未來一定有所助益。

【健康】

健康的,健全的★健康のために、1時間かけて自転車で通勤しています/為了健康而每天花1小時騎自行車通勤。

【平和】

和平,和睦★私たち一人一人にも、世界の平和のためにできることがあります/我們每一個人都可以為世界和平貢獻一份力量。

【良い】

好,良好,優良,優秀,優異;善良;聰明;要好★厳しい部長が、家庭では優しい良い夫だなんて、想像できないなあ/那個嚴屬的經理在家裡居然是個溫柔的丈夫,真叫人無法想像。

【良い】

對;行,可以;夠了★肉が2枚の時は調味料も2倍で良いのですか/如果肉有兩片,調味料也要加倍,對嗎?

【適当】

恰到好處的,適度★適当な運動が免疫

力をアップしてくれます/適度運動可提升免疫力。

【うまい】

味道好,好吃★近所にうまいラーメン屋があるんだ。今度連れてってやるよ/附近有一家很好吃的拉麵店。下次帶你一起去吃吧!

【流行】

流行,時髦,時興;蔓延★今、若い女の子の間では、この店のアイスクリームが流行しているそうだ/據說最近這家店的霜淇淋在年輕女孩間蔚為風潮。

【完全】

完美,圓滿★小説が遂に完成した。しかし、まだ完全ではない/小說終於完成了,但還是很不完善。

【アップ】up

增高,提高★毎日きちんと復習すれば、成績は必ずアップしますよ/只要每天確實複習,成績一定會進步哦!

【流行る】

流行,時興;興旺,時運佳★その年に流行った言葉を選ぶ、流行語大賞という賞があります/「流行語獎」就是選出當年度流行用語的獎項。

● Track-089

| よそう／装う | 打扮 |

【化粧】

化妝,打扮★あなたは化粧などしなくても、そのままで十分きれいです/妳根本

163

不必化妝，現在這樣就已經很漂亮了。

【地味】じみ

（服裝、打扮、性格等）樸素，不華美★冬コートは地味な色が多い／冬天的外套大多是樸素的顏色。

【格好いい】かっこう

帥，酷★幸子のお兄ちゃんって、ほんとにかっこいいよね／幸子的哥哥真的好帥哦。

【お洒落】しゃれ

好打扮的，愛漂亮的★おしゃれしたい！でもお金はかけたくない／我愛打扮漂漂亮亮，但不想花錢。

【化粧】けしょう

修飾，裝飾，裝潢★富士山がこの秋初めて雪化粧しているのが確認された／經證實，富士山降下了今年秋天的第一場雪。

よむ／詠む　吟詠

【歌】か

長短歌，漢詩，日本古老的詩歌★歌集を原作に映画を作る／將和歌集改編為電影。

【詩】し

詩，詩歌★高校生が書いた命の大切さを歌った詩が、話題になっている／這首高中生寫的歌頌生命珍貴的詩，已經成了熱門話題。

【句】く

俳句★俳句は、五・七・五の十七音で作る日本の詩です／俳句是由五、七、五共十七個音節所組成的日本詩。

【詩人】しじん

詩人★雲のことを天使のベッドだなんて、君は詩人だなあ／說什麼雲是天使的床，你還真是個詩人啊。

よむ／読む　閱讀、讀、唸

【読み】よ

讀漢字；讀出漢字的日語意思★日本の漢字には音読み、訓読みがあって、覚えるのが大変です／日本的漢字有音讀和訓讀，很不容易背誦。

【読み】よ

念，讀★上司が読みをまちがえた／上司念錯字了。

【読書】どくしょ

讀書，閱讀★読書をして世界中を、過去や未来を、旅するのが好きです／我喜歡藉由閱讀而穿梭於古今中外。

【書物】しょもつ

書，書籍，圖書★大学の図書館から、明治時代の古い書物が発見された／在大學的圖書館裡發現了明治時代的古書。

【図書】としょ

圖書★これは毎年、小学校の推薦図書に選ばれるよい本です／這是一本好書，每年都會被選為小學生的推薦讀物。

【パンフレット】pamphlet

小冊子；略稱為「パンフ」★すごくいい

映画だったので、ついパンフレットを買ってしまった／因為是一部很不錯的電影，所以沒什麼考慮就買了宣傳冊子。

【ホームページ】homepage

網站，網站首頁★ホームページを見て、こちらの会社で働きたいと思いました／看了這家公司的網站後，我想到這裡上班了！

【朝刊】

早報★飛行機事故のニュースは各紙の朝刊の一面に大きく載った／空難新聞在各家報社的早報都佔據了相當大的版面。

【夕刊】

晩報★ロケット打ち上げ成功のニュースは、その日の夕刊の一面を飾った／火箭成功發射的新聞佔據了當天晚報的一整個版面。

よる／因る	原因

【そこで】

因此，所以★経営が苦しいです。そこで、仕事の改善について、皆さんのご意見を伺います／我們在經營上遇到了困難。因此，請大家針對如何改善工作提出意見。

【それで】

因此；後來★子どもの頃、犬に嚙まれた。それで、今も犬が怖い／小時候曾被狗咬過，所以到現在還是很怕狗。

【で】

所以；表示原因★わからなくて困った。

で、先生に尋ねた／因為不懂而感到困惑，所以就問了老師。

【何故なら（ば）】

因為，原因是★私は医者になりました。なぜなら父がそう希望したからです／我成了醫生。因為我的父親希望我走這條路。

●Track-090

よる／寄る	靠近，挨近

【寄る】

靠近，挨近★やけどをした子どもは、火のそばへ寄るのを怖がります／受過燒燙傷的孩童對於靠近火源感到恐懼。

【寄せる】

寄身，寄居，投靠★両親は亡くなって、親戚に身を寄せるしかなかった／父母雙亡後，只能投靠了親戚。

【寄せる】

使…靠近，使…挨近，移近，挪近★写真の中で二人は顔を寄せてピースサインをしている／照片裡的兩個人臉貼臉，比出Ｖ字手勢。

【近づく】

臨近，靠近；接近，交往★舞台本番の日が近づいて、練習にますます熱が入っている／隨著正式登臺演出的日子越來越近，練習也越來越密集了。

【近付ける】

使…接近，使…靠近★彼女は鏡に顔を近づけると、鏡の中の自分に向かって笑った／她把臉湊向鏡子，對著鏡中的自己笑了。

よろこぶ／喜ぶ　高興、值得慶賀

【おめでとう】
恭喜；可喜可賀★明けましておめでとうございます。今年もよろしくお願いします／新年快樂！今年也請多多指教。

【付き】
走運，好運★努力の甲斐があって、ついに付きが回ってくる／不負努力，我終於要時來運轉了。

【喜び】
喜悅，愉快，高興，歡喜★卒業した子どもたちが活躍する姿を見ることは、私の喜びです／看到畢業的孩子們活躍的表現，我真替他們感到開心。

【喜び】
祝賀，道喜★ご成功を心からお喜び申し上げます／衷心祝賀您的成功。

【園】
為特定目的而設置的場所；園，花園★明日は保育園の遠足で、動物園に行く予定です／明天托兒所的遠足預定要去動物園。

【笑い】
笑；笑聲；嘲笑，譏笑，冷笑★彼がしゃべり始めると、会場のあちこちから笑いが起こった／他一開口，笑聲就從會場的各個角落傳了出來。

【コメディー】comedy
喜劇，滑稽戲★母はコメディー映画が大好きで、いつも一人で笑っている／我媽媽喜歡看喜劇片，總是一個人看得哈哈大笑。

【楽しみ】
樂，愉快，樂趣；消遣，安慰，興趣★人助けを楽しみとする／以助人為樂。

【幸せ】
幸福，幸運★二人で手を繋いでこの橋を渡ると幸せになれるんだって／據說兩個人手牽手走過這座橋就可以得到幸福。

【幸せ】
運氣，機運，僥倖★死者が出なくて幸せだった／僥倖的是全員生還。

【愉快】
愉快，暢快；令人愉快，討人喜歡；令人意想不到★泣いてばかりじゃもったいない。せっかくの人生、愉快に生きよう／一直哭哭啼啼的太糟蹋生命了。人生難走一遭，還是活得快樂一點吧！

【幸福】
沒有憂慮，非常滿足的狀態★祖母は最後まで家族と一緒で、幸福な人生でした／奶奶直到臨終前都和家人在一起，度過了幸福的人生。

【祝う】
祝賀★明日午後6時から、鈴木君の合格を祝う会を行います／明天晚上6點開始舉行鈴木同學的上榜慶功宴。

【満足】
完善，完美★教授は厳しい人だから、こんなレポートじゃ満足されないと思う

よ／由於教授的要求很嚴格，我覺得這樣的報告應該無法讓他滿意。

ろんじる／論じる ｜ 議論

【論】
論，議論★おじいちゃんはいつも自分の人生論を語っている／爺爺總是說著自己的人生大道理。

【噂】
談論，閒話，謠傳，傳聞★会社の経営に関して、不正があると社員の間で噂になっている／關於公司的經營，在員工之間謠傳著營私舞弊的傳聞。

【提案】
提案，建議★仕事のやり方について改善できることを提案します／我想針對工作方式提出可供改善的方案。

【やり取り】
交談，爭論，舌戰★検察と弁護士が激しくやり取りしていた／檢察官和律師展開了激烈的唇槍舌戰。

【揉む】
爭論，爭辯；針對某一事情，相互提出意見，進行充分討論★審議でもみつづける／審議一直爭不出個結論。

【論じる・論ずる】
論，論述，闡述★国会で大臣が論じた環境対策については、多くの批判が出た／關於部長在國會上談論的環保政策，引起了多方的批判。

わかる ｜ 知道、理解

【はっきり】
事情明確，清楚★原因ははっきりとしている／原因很清楚。

【理解】
理解，領會，明白；體諒，諒解★彼の発言は理解できないが、何か事情があったのかもしれない／雖然無法理解他的發言，但可能是發生了什麼事。

【納得】
同意，信服；理解，領會★私は悪くないのに、なぜ謝らなければならないのか、全く納得できない／我又沒有錯，完全無法理解為什麼要我道歉？

【許す】
寬恕；免除；容許；允許，批准；承認；委託★妻の誕生日を忘れていて、何度謝っても許してもらえない／我把妻子的生日給忘了，不管道歉多少次都沒有得到原諒。

【通る】
能夠理解★この文脈で「必ず」を使うと意味の通らない文章になる／此處用「必定」一詞會使前後文的語意不通順。

【解ける】
解明，解開★むずかしい問題を解くためには、基礎をしっかりと固める必要がある／要想解決難題，必須先打穩基礎。

【掴む】
掌握到，瞭解到★彼が人の心を掴むた

めに嘘を言い続けた／他當時為了抓住人心而謊話連篇。

【押さえる】
認識，理解★要点を押さえる／抓住要領。

わかれる／別れる	分別、分手

【バイバイ】bye bye
再見，拜拜★「じゃ、またね。」「うん、また明日ね、バイバイ。」／「再見囉！」「嗯！明天見，拜拜！」

【行ってきます】
我出門了★「お母さん、行ってきます。」「はあい、気をつけて行ってらっしゃい。」／「媽媽，我出門了。」「好，路上小心。」

【失礼します】
（先行離開時）先走一步；（進門時）不好意思打擾了；（職場用語—掛電話時）不好意思先掛了；（入座時）謝謝★「お先に失礼します。」「あ、待って。一緒に帰りましょう。」／「我先走了。」「啊，等一下，我們一起回去吧！」

【別れ】
別，離別，分離；分支，旁系★彼女との別れは、悲し過ぎてあまり覚えていない／和她分手太悲傷了，以至於我已經想不太起來了。

【離婚】
（法）離婚★私は一度も結婚したことが

ないのに、友人はもう２回も離婚している／我從來沒結過婚，但我朋友已經離兩次婚了。

● Track-092

わける／分ける	分類、分開

【端】
邊，邊緣，框，角★この写真の右端に写っているのは誰ですか／這張照片的右邊拍到的是誰？

【部】
部；組織的部門之一★以前は本社の営業部にいましたが、この春から工場の製造部で働いています／我以前待在總公司的業務部，從今年春天開始調職到工廠的生產部。

【課】
部屬，部門；教科書的章節，課★期末試験を欠席した学生は学生生活課に来ること／期末考試缺考的同學，請到學生事務處集合。

【科】
科，醫科的分類★近所に気軽に相談できる小児科の先生がいると心強いですね／家附近就有可以隨時諮詢的小兒科醫師，真讓人安心。

【パート】part time 之略
職責；角色；部分；篇，章；卷★重要なパートを担当している／由我負責重要的部分。

【前半】

わ
わかれる・わける

前半，前半部★前半が終わって、台湾
チームが2対0で勝っています／上半
場結束後，臺灣隊以2比0暫時領先。

【後半】
後半，後一半★前半は3対0で勝って
いたのに、後半で逆転されて負けた／
明明上半場以3比0領先，下半場卻被逆
轉，輸了比賽。

【上旬】
上旬★この山は、11月上旬には紅葉で
真っ赤になります／這座山的楓葉將於
11月上旬全部轉紅。

【中旬】
一個月中旬的中旬★医者からは、来月の
中旬には退院できると言われています
／醫生告訴我，下個月中旬就能出院了。

【下旬】
下旬★もう9月も下旬なのに、真夏の
ように暑い日が続いている／都已經9月
下旬了，炎熱的天氣依然如盛夏一般。

【分ける】
分，分開★筆記試験は、「午前の部」と
「午後の部」に分ける／筆試分為上午場
和下午場。

【割る】
把一空間或物品分成幾部分；分，分隔★
10人に割る／分給10個人。

わるい／悪い	壊、不好

【非】
非，不是★目上の人を十分も待たせる
とは、非常識だな／居然讓長輩等了10
分鐘，真是太不懂事了。

【短】
不足，缺點★人の短を言う／道人長短。

【黒】
罪犯，嫌疑犯，有很大的嫌疑★あいつは
白だ、いやあいつは黒だ／那個傢夥是
清白的，不那個傢夥有很大的嫌疑。

【ウイルス】virus
病毒，濾過性病毒★ウイルス性胃腸炎で
会社を1週間休みました／因為感染病毒
性腸胃炎而向公司請了一個星期的假。

【ボール】ball
（棒球）壊球★投げるとボールになった
／投出變成了壊球。

【マイナス】minus
不利；不划算★今、急いで結論を出し
ても、長い目で見たらマイナスになる／
就算現在匆忙的做出結論，日後還是會產
生負面影響。

【犯人】
犯人★暴力事件の犯人と間違われて、
警察に連れて行かれた／我被誤認為暴
力事件的犯人，被員警帶走了。

【症状】
症状★この薬は、熱や頭痛などの症状
によく効きます／這種藥對發燒和頭痛等
症狀很有效。

【馬鹿】

愚蠢，糊塗★お前は馬鹿だなあ。一人で悩んでないで、早く相談すればいいのに／你也真傻啊，用不著獨自一人煩惱，早點跟我商量多好。

【粗】

缺點，毛病★子どもの粗を探すのではなく、いいところを伸ばすことが大切だ／不要挑孩子的毛病，讓孩子發揮所長才是最重要的。

【低】

低賤★低級／低級

【苦手】

不善於，不擅長，最怕★わたしはこういう電話は苦手だ／我不擅長接這種電話。

【けち】

簡陋，破舊，一文不值★けちな贈り物をもらった／收到了寒酸廉價的禮品。

【腐る】

腐臭，腐爛★うわっ、この牛乳、腐ってる。全部捨てるよ／哇！這瓶牛奶已經酸掉了。我全部倒掉了哦。

MEMO

・索引・ さくいん index

き

こ

さ

す

て

に

ぬ

ね

の

は

ひ

ほ

ま

め

も

み

む

189

QR日檢記憶館 03

■ 發行人／林德勝

■ 著者／吉松由美、田中陽子、西村惠子、林勝田、山田社日檢題庫小組

■ 出版發行／山田社文化事業有限公司
　地址　臺北市大安區安和路一段112巷17號7樓
　電話　02-2755-7622
　傳真　02-2700-1887

■ 郵政劃撥／19867160號　大原文化事業有限公司

■ 總經銷／聯合發行股份有限公司
　地址　新北市新店區寶橋路235巷6弄6號2樓
　電話　02-2917-8022
　傳真　02-2915-6275

■ 印刷／上鎰數位科技印刷有限公司

■ 法律顧問／林長振法律事務所　林長振律師

■ 書+QR碼／定價　新台幣369元

■ 初版／2025年2月

ISBN : 978-986-246-874-6
© 2025, Shan Tian She Culture Co. , Ltd.

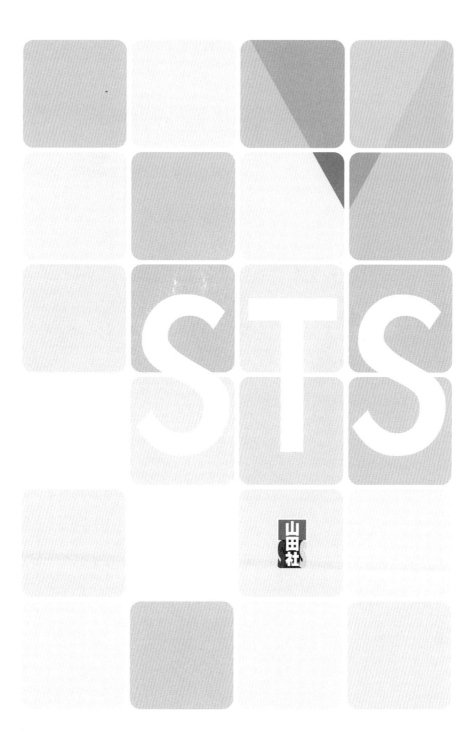